सोच सको तो सोच लो

आत्मावलोकन 2020

सरश्री द्वारा रचित श्रेष्ठ पुस्तकें

१. इन पुस्तकों द्वारा आध्यात्मिक विकास करें

- विचार नियम – आपकी कामयाबी का रहस्य
- विश्वास नियम – सर्वोच्च शक्ति के सात नियम
- आध्यात्मिक उपनिषद्
- शिष्य उपनिषद्
- संपूर्ण भगवद्गीता – जीवन की अठारह युक्तियाँ
- २ महान अवतार – श्रीराम और श्रीकृष्ण
- जीवन-जन्म के उद्देश्य की तलाश – खाली होने का महासुख कैसे प्राप्त करें
- सत् चित्त आनंद – आपके 60 सवाल और 24 घंटे
- निराकार – कुल-मूल लक्ष्य
- गुरु मुख से उपासना – गुरु करें तो क्यों करें वरना न करें

२. इन पुस्तकों द्वारा स्वमदद करें

- स्वास्थ्य के लिए विचार नियम – मनः शक्ति द्वारा तंदुरुस्ती कैसे पाएँ
- नींव नाइन्टी – नैतिक मूल्यों की संपत्ति
- वर्तमान का जादू – उज्ज्वल भविष्य का निर्माण और हर समस्या का समाधान
- वार्तालाप का जादू – कम्युनिकेशन के बेहतरीन तरीके
- इमोशन्स पर जीत – दुःखद भावनाओं से मुलाकात कैसे करें
- मन का विज्ञान – मन के बुद्ध कैसे बनें
- रहस्य नियम – प्रेम, आनंद, ध्यान, समृद्धि और परमेश्वर प्राप्ति का मार्ग
- समय नियोजन के नियम– समय संभालो, सब संभलेगा

३. इन पुस्तकों द्वारा हर समस्या का समाधान पाएँ

- पैसा – रास्ता है मंज़िल नहीं
- खुशी का रहस्य – सुख पाएँ, दुःख भगाएँ : ३० दिन में
- विकास नियम – आत्मविकास द्वारा संतुष्टि पाने का राज़
- समग्र लोकव्यवहार – मित्रता और रिश्ते निभाने की कला

४. इन आध्यात्मिक उपन्यासों द्वारा जीवन के गहरे सत्य जानें

- मृत्यु पर विजय – मृत्युंजय
- स्वयं का सामना – हरक्युलिस की आंतरिक खोज
- बड़ों के लिए गर्भ संस्कार – १० अवतार का जन्म आपके अंदर
- सूखी लहरों का रहस्य

बेस्टसेलर पुस्तक 'विचार नियम' के रचनाकार

सरश्री

सोच सको तो सोच लो

आत्मावलोकन 2020

नकारात्मकता को समेटकर, समाधान का ज्ञान कैसे प्राप्त करें

सोच सको तो सोच लो

आत्मावलोकन 2020

BY SIRSHREE TEJPARKHI

प्रथम संस्करण : नवंबर 2019
प्रकाशक : वॉव पब्लिशिंग्ज् प्रा. लि., पुणे

ISBN : 978-81-943200-2-9

© Tejgyan Global Foundation
All Rights Reserved 2019.
Tejgyan Global Foundation is a charitable organization with its headquarters in Pune, India.

© सर्वाधिकार सुरक्षित

वॉव पब्लिशिंग्ज् प्रा. लि. द्वारा प्रकाशित यह पुस्तक इस शर्त पर विक्रय की जा रही है कि प्रकाशक की लिखित पूर्वानुमति के बिना इसे व्यावसायिक अथवा अन्य किसी भी रूप में उपयोग नहीं किया जा सकता। इसे पुनः प्रकाशित कर बेचा या किराए पर नहीं दिया जा सकता तथा जिल्दबंद या खुले किसी भी अन्य रूप में पाठकों के मध्य इसका परिचालन नहीं किया जा सकता। ये सभी शर्तें पुस्तक के खरीददार पर भी लागू होंगी। इस संदर्भ में सभी प्रकाशनाधिकार सुरक्षित हैं। इस पुस्तक का आंशिक रूप में पुनः प्रकाशन या पुनः प्रकाशनार्थ अपने रिकॉर्ड में सुरक्षित रखने, इसे पुनः प्रस्तुत करने की प्रति अपनाने, इसका अनूदित रूप तैयार करने अथवा इलेक्ट्रॉनिक, मैकेनिकल, फोटोकॉपी और रिकॉर्डिंग आदि किसी भी पद्धति से इसका उपयोग करने हेतु समस्त प्रकाशनाधिकार रखनेवाले अधिकारी तथा पुस्तक के प्रकाशक की पूर्वानुमति लेना अनिवार्य है।

SOCH SAKO TO SOCH LO
AATMA-AVALOKAN 2020

यह पुस्तक समर्पित है,
उन लोगों को,
जो स्वयं पर मनन कर, स्वयं में सुधार लाकर,
खुद को खुदा के लिए सँवारने को तैयार हैं।

विषय सूची

प्रस्तावना	**20-20** की तैयारी कैसे करें	9
अध्याय 1	**सोच सको तो सोच लो** कलेक्शन है, पाना है या पाया है	11
अध्याय 2	**तुष्टि पर जीत, संतुष्टि है ईनाम** पूर्ति विलंब गुण अपनाएँ	14
अध्याय 3	**बोझ समेटकर, हलकेपन का आनंद लें** उतार दो, उत्तर दो	18
अध्याय 4	**वास्तविकता कैसे पहचानें** घटनाओं में परदोष नहीं, स्वदर्शन करें	22
अध्याय 5	**मुकाबले के ज़हर को समेटें** अंदर से ''सफेद'' हो जाएँ	26
अध्याय 6	**बुरी फीलिंग को समेटें** अच्छा लगने का रहस्य जानें	30
अध्याय 7	**गलत प्रतिसाद को समेटकर, सही भविष्य का चुनाव करें** खुश होकर करें उज्ज्वल भविष्य का निर्माण	34
अध्याय 8	**मन की दलदल को समेटें** गुणवत्ता को बढ़ाएँ	37
अध्याय 9	**घटना में दुःख भुगतने की आदत को समेटें** संतुष्टि और आनंद को बढ़ाएँ	41

अध्याय 10	अनचाहे शब्दों को समेटें	45
	शब्दाने नहीं, सयाने बनें	
अध्याय 11	अपनी मौलिकता को पहचानें	49
	ईर्ष्या को समेटकर सबको लाभ दें	
अध्याय 12	बेहोशी को समेटकर होश बढ़ाएँ	53
	अपने विचारों को सजगता से देखें	
अध्याय 13	लोगों से मदद की अपेक्षा को समेटें	56
	अपनी मदद खुद करें	
अध्याय 14	आदर के अहंकार को समेटें	61
	स्व का आदर करें	
अध्याय 15	छल-कपट को समेटें	65
	अपनी मासूमियत को बरकरार रखें	
अध्याय 16	कंजूसी को समेटें	70
	बीज बोने का मौका पहचानें	
अध्याय 17	अपनी कल्पनाओं, कथाओं को समेट लें	75
	'जागृति' का महत्त्व	
अध्याय 18	भाव बीज रहस्य सीख लें	78
	अपने पार्सल को पहचानें	
अध्याय 19	संघर्ष समेटकर मुक्ति पाएँ	82
	अस्ति और प्राप्ति	
अध्याय 20	अपनी गलत आदतों और वृत्तियों को समेट लें	85
	पृथ्वी पर अपने सबक सीख लें	
	तेजज्ञान फाउण्डेशन जानकारी	89-104

20-20
की
तैयारी कैसे करें

प्रस्तावना

एक टीचर ने क्लास में छात्रों से सवाल पूछा, 'बताओ कि २०१९ से २०२० में प्रवेश करने के बीच क्या बचा है?'

छात्रों को लगा कि २०१९ साल के खत्म होने में कितने दिन बचे हैं, यह पूछा जा रहा है। जबकि टीचर का सवाल अलग दिशा में था।

इससे पहले कि बच्चे गलत जवाब दें, टीचर ने उन्हें बताया, '२०१९ से २०२० में प्रवेश करने में बचा है– उन्नीस-बीस का फर्क।' टीचर के इस जवाब को समझने के लिए आगे का पठन, मनन के साथ जारी रखें।

जब दो चीज़ों को सामने रखकर देखा जाता है, जो दिखने में लगभग एक जैसी हों पर उनमें थोड़ा फर्क हो तो कहा जाता है कि 'उन्नीस-बीस का फर्क है।' यह सुनकर अकसर लोग सोचते हैं, 'चलता है... इतना फर्क तो चलता है'। यह हमारी मनोस्थिति बन चुकी है। इस मनोस्थिति के कारण हम किसी भी चीज़ की गहराई को समझ नहीं पाते।

मान लें कि कोई पेंटर है, जो किसी मशहूर पेंटर के पेंटिंग जैसी पेंटिंग बनाना चाहता है। वह ऐसा करता है क्योंकि उसमें सीखने की ललक है। वह देखना चाहता है

कि उस महान पेंटर ने कौन से रंगों को मिलाकर कौन से नए रंग बनाए हैं... किसी चित्र को गहराई देने के लिए उसने उसमें कौन-कौन से रंगों का कितनी मात्रा में इस्तेमाल किया है... इत्यादि। ये सब सीखने के लिए उसे वह पेंटिंग बार-बार बनानी पड़ती है। उसे वह तब तक बनानी पड़ती है, जब तक वह उस पेंटिंग की हूबहू नकल नहीं उतार लेता। यह मेहनत वह पेंटिंग की कला की गहराई जानने के लिए करता है।

मान लें कि वह पेंटर कई प्रयासों के बाद भी वैसी पेंटिंग नहीं बना पाता, जैसी उसे बनानी थी। ऐसे में वह क्या करेगा? हो सकता है कि वह थक-हारकर प्रयास करना छोड़ दे और कह दे कि 'आखिरी पेंटिंग उन्नीस-बीस, उसी की तरह बनी है।' या कहे **'केवल उन्नीस बीस का फर्क ही तो है'**। या फिर हो सकता है कि वह तब तक प्रयास करता रहे, जब तक यह उन्नीस-बीस का अंतर समाप्त नहीं हो जाता। चुनाव उसका है।

यही चुनाव, इंसान को हर दिन करना होता है। जब कोई घर की सफाई कर रहा होता है... नया व्यंजन बना रहा होता है... ऑफिस का कोई कार्य कर रहा होता है... कुछ नया सीख रहा होता है... गाड़ी चला रहा होता है... पढ़ाई कर रहा होता है... व्यायाम कर रहा होता है... हर क्रिया में उसके पास यह चुनाव होता है कि इस क्रिया को उन्नीस-बीस करना है कि 20-20 करना है। 20-20 यानी परफेक्ट तरीके से कार्य पूर्ण करना।

इस पुस्तक में आपको जो कार्य 20-20 करना है, वह है 'मनन'। मनन में उन्नीस-बीस का अंतर न रखते हुए, आपको उसे पूर्ण करना है। ऐसे मनन को आत्मावलोकन भी कहा जा सकता है। इसमें मन आनाकानी करेगा परंतु आपको उसे मनाना होगा। मन को तो एक से उन्नीस तक का सफर दिखाई देता है कि 'कितना मनन कर लिया... अब बस!' ऐसे समय पर आपको हिम्मत रखते हुए उसे धक्का देना होगा।

यह पुस्तक जीवन के कुछ चुनिंदा भागों पर आपसे पूर्ण (20-20) मनन करवाएगी। यह मनन कुछ प्रश्नों द्वारा किया जाएगा, जो हर अध्याय के आखिरी पन्ने पर दिए गए हैं। इन प्रश्नों पर ऐसा मनन कर लें कि उन्नीस-बीस का जीवन खत्म हो और पूरा जीवन 20-20 में ही चले। आपके जीवन का नया अध्याय खुल जाए। लोग आपमें आए सकारात्मक परिवर्तनों पर आश्चर्य करें। इस उद्देश्य को ध्यान में रखते हुए, इस पुस्तक का पठन शुरू करें। आपका आत्मावलोकन 20-20 पूर्ण हो, यही नई सुबह की निशानी है!

...सरश्री

अध्याय १

सोच सको तो सोच लो

कलेक्शन है, पाना है या पाया है

क्या आप किसी कलेक्टर के ऑफिस में गए हैं? क्या आप खुद तो कलेक्टर नहीं हैं? यदि आप किसी कलेक्टर बाबू से मिलने जाएँगे तो देखेंगे कि कलेक्टर बाबू तो अपनी जगह पर नहीं होते। जब आप किसी से पूछेंगे कि 'कलेक्टर बाबू कहाँ हैं?' तो वे बताएँगे कि 'कलेक्टर बाबू तो कलेक्शन करने के लिए गए हैं।' यह सुनकर आप सोच सकते हैं कि 'जब भी मिलने आओ तो कलेक्टर बाबू कलेक्शन करने के लिए कहीं गए होते हैं। पता नहीं क्या कलेक्शन कर रहे हैं? अभी भी इनका कलेक्शन पूरा नहीं हुआ है।' लेकिन क्या आपका कलेक्शन पूरा हुआ है? सोच सको तो सोच लो।

आप सोच रहे होंगे कि यह बात आपको क्यों बताई जा रही है? दरअसल आप अपने जीवन के कलेक्टर हैं। आप यहाँ दो तरह के कलेक्शन करने आए हैं। पहला- कुछ सबक सीखने और दूसरा- कुछ चीज़ें आपने फैला दी हैं, उन्हें समेटने।

पहले तरह के कलेक्शन का अर्थ है, पृथ्वी पर आप जो सबक सीखने आए हैं उन्हें पूर्ण करना। आप वे सबक जब तक नहीं सीखते हैं तब तक अधूरापन खलते रहता है, अंदर कहीं कुछ धधकते रहता है, खिंचाव सा महसूस होता है, अंदर ऐसी कोई चाहत, कोई अधूरी इच्छा जगती है, जिससे बेचैनी महसूस होती है।

यदि आपका सबक है धीरज तो आपको ऐसा माहौल मिलता है, जहाँ आपको बार-बार क्रोध दिलाया जाता है। ऐसे में आपको धीरज रखना होता है। जब तक आप पृथ्वी पर अपना सबक नहीं सीखते तब तक आप अंदर अधूरा महसूस करते हैं। जब आप पृथ्वी पर अपना सबक सीख लेते हैं, गुणों को अपने अंदर लाते हैं तब आपका व्यवहार बदल जाता है। यहाँ पहले तरह का कलेक्शन पूरा होता है।

दूसरे तरह के कलेक्शन में जो आपने भेजा है, उसे ही कलेक्ट करने के लिए आप रोज़ घर से निकलते हैं। अपनी वृत्तियों द्वारा जो पसारा आपने किया है, उसे वापस समेटने के लिए निकलते हैं। जो गलत प्रतिसाद रूपी सामग्री आप दे आए हैं, उसे वसूल करके आते हैं। जो कर्म आपसे हुए हैं, उनका भुगतान करके आते हैं। आज तक आपने जो भी किया है, चाहे वह अच्छी भावना से किया हो, चाहे डर, लालच, ईर्ष्या और वासनाओं की वजह से किया हो, यह पूरा नकारात्मकता का पसारा है, जो आपके जीवन में फैला हुआ है। ऐसी कई चीज़ें आपसे फैली हैं और वे दूर-दूर तक चली गई हैं। उन्हें आपको फिर से समेटना है यानी उन पर मनन करके, समाधान का ज्ञान प्राप्त करके, उनसे मुक्ति पानी है।

यदि आप ऐसा नहीं करेंगे तो उसी में उलझकर रह जाएँगे- अपने लक्ष्य से, उद्देश्य से भटक जाएँगे और संतुष्टि से दूर हो जाएँगे। इस पसारे को समेटने के लिए आपको अपने जीवन पर मनन करना होगा। आपने कौनसी बातें फैलाई हैं और अब उन्हें कैसे समेटना है, यह विचार करना होगा। इस पुस्तक का हर अध्याय इसमें आपकी मदद करेगा।

कलेक्शन पूरी होने के बाद आपका जीवन आनंद से भरा होगा। फिर आप खुशी पाने के लिए जो लोगों पर निर्भर थे कि 'फलाँ मुझे प्रेम दे, मेरा सम्मान करे, फलाँ मुझे ध्यान दे', इन सब विचारों से बाहर आ जाएँगे। लोगों से प्रेम, आदर, सम्मान, ध्यान मिले तो अच्छी बात है। वह तो बोनस है लेकिन वे न दें तो भी आपकी शांति बरकरार रहेगी। क्योंकि आप इन बातों से मुक्त हो चुके हैं, कलेक्शन पूर्ण हो चुकी है।

इसका कोई भरोसा नहीं है कि लोग आपसे अच्छा व्यवहार ही करें। लोग अपने तरीके से ही बरताव करेंगे परंतु आप बदल चुके हैं। लोग वैसे ही हैं, उनकी सोच, विचारों का सार वही है। परंतु आपने यह तय किया है कि आपको कैसे जीना है। उसके बाद आपका जीना कुछ पाने के लिए नहीं होगा। कोई कैसा भी बरताव करे, आपकी शांति

और खुशी पर उसका कोई असर नहीं होगा। यह सब तभी संभव है जब आप अपना सारा पसारा फिर से समेट लेंगे।

सोच सको तो सोच लो :

१. आपने अब तक ऐसा कौन सा पसारा किया है, ऐसा क्या फैलाया है, जो आपको समेटना है? मनन कर लिखें।

_____

_____

_____

२. पसारा समेटने के बाद आपका स्वास्थ्य, रिश्ते और जीवन कैसा होगा? मनन कर लिखें।

_____

_____

_____

३. आज आप कौन सी अवस्था में हैं?

अ. पाना है इसलिए कुछ करना है ☐

ब. पाया है इसलिए कुछ करना है ☐

अध्याय २

तुष्टि पर जीत, संतुष्टि है ईनाम

पूर्ति विलंब गुण अपनाएँ

हर कोई अपने जीवन में संतुष्टि चाहता है और तुष्टि (Gratification) से मुक्ति चाहता है। तुष्टि यानी वह कर्म जो इंसान जल्दबाज़ी में कर जाता है। उसे करने से वह अपनी इंद्रियों को रोक नहीं पाता और बाद में उसे पछताना पड़ता है। तुष्टि यानी इंद्रिय सुख तुरंत पाने की लालसा या दुःख को दूर भगाने की कामना। इस तुष्टि को समटेना यानी उससे मुक्त होकर आनंदित जीवन जीना बहुत महत्वपूर्ण है। और यह क्यों ज़रूरी है, इसे एक कहानी से समझें।

एक ब्राह्मण था, जिसकी कोई औलाद नहीं थी। इस वजह से उसकी पत्नी अकसर दुःखी रहती थी। अपनी पत्नी का मन बहलाने के लिए ब्राह्मण घर में एक नेवला लेकर आया। धीरे-धीरे ब्राह्मणी को उस नेवले से मोह हो गया और वह उसके साथ खुश रहने लगी।

फिर कुछ समय उपरांत ब्राह्मणी को बच्चा हुआ। अब ब्राह्मणी का पूरा ध्यान अपने बच्चे की ओर था। वह नेवले को टालने लगी। उसे महसूस भी हो रहा था कि नेवले की तरफ ध्यान न देना सही नहीं है। मगर काफी इंतज़ार के बाद हुई संतान पर ही उसका ध्यान टिका रहता था।

एक दिन वह बच्चे को सुलाकर पानी भरने के लिए घर से निकली। उसी समय एक साँप घर में दाखिल हुआ। नेवले की नज़र उस साँप पर पड़ी। साँप बच्चे को हानि न पहुँचाए, इसलिए नेवले ने तुरंत उसे मार गिराया। साँप के रक्त की बूँदें घर में बिखर गई थीं तथा नेवले के मुँह पर भी थोड़ा रक्त लगा हुआ था।

नेवला यह सोचकर बहुत खुश हो रहा था कि 'ब्राह्मणी वापस आएगी और मुझे बहुत शाबासी देगी। मेरी भी कदर करेगी। मेरी ओर पहले जैसा ध्यान देगी।' नेवला घर के आँगन में बैठकर बेसब्री से ब्राह्मणी का इंतज़ार करने लगा।

ब्राह्मणी पानी से भरा घड़ा लेकर घर आई तो उसने देखा कि दरवाज़े पर बैठे नेवले के मुँह पर रक्त लगा हुआ है। उसके मन में तुरंत यह विचार आया कि 'नेवले ने मेरे बच्चे को मार दिया।' गुस्से में बिना सोचे-समझे ब्राह्मणी ने पानी से भरा घड़ा नेवले पर फेंक दिया। बेचारा नेवला वहीं मर गया।

फिर अंदर जाकर ब्राह्मणी ने देखा तो बच्चा सुरक्षित था, आराम से सो रहा था और बाजू में साँप मरा पड़ा था। यह देख ब्राह्मणी को एहसास हुआ कि असल में क्या वाक़या हुआ था और उससे कितनी बड़ी भूल हो गई है।

आगे ज़िंदगीभर ब्राह्मणी नेवले की हत्या के अपराधबोध में खुद को कोसती रही कि 'जिसने मेरे बच्चे को बचाया, मैंने उसी को ही मार डाला।'

यह कहानी हमने सुनी होगी। तुष्टि के कारण ब्राह्मणी खुद को रोक नहीं पाई और उसके हाथों दुर्घटना घट गई। आज ठीक यही हमारे साथ हो रहा है। किसी ने कुछ कह दिया तो हम तुरंत जवाब दे देते हैं, हमारे मुँह से अपशब्द निकलने लगते हैं। इतना गुस्सा आता है कि 'अभी जाकर उसे बताता हूँ'। घरवाले कहते हैं, 'रात का समय है। इस वक्त मत जाओ।' वे मना करते हैं तो लोग मोबाईल से मैसेज डाल देते हैं। वे एक दिन भी इंतज़ार नहीं कर पाते। आजकल मोबाईल के कारण मैसेज पहुँचाना आसान हो गया है तो लोग तुरंत भड़ास निकालने के लिए कुछ लिख देते हैं। जो चाहत है उसकी पूर्ति में विलंब आए, यह किसी से बरदाश्त ही नहीं होता। गुस्सा शांत होने के बाद उन्हें अपने लिखे पर पछतावा होता है। सोचते हैं कि 'नहीं लिखा होता तो अच्छा होता।' पछताने से अच्छा है कि पूर्ति में विलंब हो जाए क्योंकि इसी से तुष्टि पर मात पाई जा सकती है।

जो लोग इस तरह की तुष्टि से मुक्त नहीं हो पाते उनके पास जीवनभर पछताने के अलावा उनके पास कोई चारा नहीं बचता।

तुष्टि से मुक्ति पाने के लिए आपको स्वयं में एक सुप्त गुण लाना है, उसका नाम है, 'पूर्ति विलंब'। लोग किसी भी चीज़ की तुरंत पूर्ति चाहते हैं। आज के युग में तुरंत पूर्ति की संकल्पना में इंसान उलझा हुआ है क्योंकि इंस्टंट चीज़ें, घर बैठे तत्क्षण, तत्काल सेवा आदि विज्ञापन टी.वी., रेडियो पर निरंतर चलते रहते हैं। ये विज्ञापन देखकर, सुनकर लोगों में तुरंत पूर्ति करने की होड़ सी मची है। ऐसे में 'पूर्ति विलंब' गुण अपनाकर तुष्टि से मुक्ति प्राप्त करनी है।

आपको किसी चीज़ की आवश्यकता है और आप उसे पाने की पूर्ति करने जा रहे हैं। ऐसे में 'पूर्ति विलंब' गुण अपनाएँ। यानी आप बिना किसी कारण थोड़ा रुकें, उस चीज़ को पाने में थोड़ा विलंब करें और देखें कैसे तुष्टि से आप जीत रहे हैं। आपके सामने मनपसंद खाना आया है और आप पूर्ति विलंब गुण पर कार्य कर रहे हैं तो आपको कुछ क्षण रुकना है। हर बार यह प्रयोग करते जाएँ और इसे खेल की तरह लें।

इस खेल में आपको स्वयं के साथ स्पर्धा करनी है। जब स्पर्धा स्वयं के साथ होती है तो तुष्टि से मुक्ति की संभावना बढ़ जाती है। इस खेल में कभी आप जीतेंगे, कभी तुष्टि जीतेगी पर आपका देखने का नज़रिया खेल का ही होगा। यह खेल खेलते-खेलते आपमें गुर आता जाएगा कि कैसे पूर्ति विलंब के साथ यह कुश्ती जीतनी है।

इंसान को रोज़मर्रा के जीवन में जिन गुणों की ज़रूरत पड़ती है, उन्हें अपने अंदर लाने का प्रयास करता है। मगर किसी नए गुण के बारे में बात हो तो वह उलझन में पड़ जाता है। इंसान सोचता है कि पूर्ति विलंब जैसे गुण को अपनाना यानी अपने सुखों की आहुति देना। मगर जब उसे पता चलता है कि 'पूर्ति विलंब' गुण सुख से दूर करने के लिए नहीं बल्कि परम सुख में पहुँचाने के लिए है, तब उसे इस गुण का महत्त्व समझ में आता है।

इस गुण को अपनाने से आपको कई सारे ऊपरी लाभ तो होंगे ही परंतु इसका मुख्य उद्देश्य बहुत महत्वपूर्ण है। दरअसल यह गुण परम लक्ष्य के लिए है यानी जो असल में आप हैं, उसमें स्थापित होने के लिए है, आपको आपसे ही मिलाने के लिए है।

अतः जल्दबाजी में कर्म करने की अपनी वृत्ति को तथा तुष्टि को समेटते हुए, पूर्ति विलंब गुण आत्मसात कर, तुष्टि से मुक्ति प्राप्त करें और संतुष्टि में लबालब हो जाएँ।

सोच सको तो सोच लो :

१. आज तक आपसे तुष्टि की वजह से कौन से गलत कर्म हुए हैं, जिन पर आज भी आप पछताते हैं?

_____

_____

_____

२. 'पूर्ति विलंब' गुण स्वयं में लाने के लिए आप आज से ही कौन से कदम उठाएँगे?

_____

_____

_____

३. 'पूर्ति विलंब' गुण को अपनाने से आपका जीवन कैसा होगा, मनन कर लिखें।

_____

_____

_____

अध्याय ३

बोझ समेटकर, हलकेपन का आनंद लें
उतार दो, उत्तर दो

एक गाँव में दो संन्यासी रहते थे। वे रोज़ गाँव में स्थित नदी को पार करके अपनी मंज़िल पर पहुँचते थे। नदी किनारे नाव का इंतज़ाम न होने की वजह से उन्हें नदी के उस पार तैरकर जाना पड़ता था।

एक दिन वे अपनी मंज़िल पर पहुँचने के लिए नदी के किनारे पहुँचे, तब वहाँ उन्हें एक स्त्री दिखाई दी। उस स्त्री को तैरना नहीं आता था इसलिए उसने संन्यासियों से, उस पार पहुँचाने के लिए मदद माँगी। तब उसमें से एक संन्यासी उसे अपने कंधे पर बिठाकर दूसरे किनारे पर ले जाने के लिए तैयार हो गया। इस प्रकार दोनों संन्यासी स्त्रीसहित दूसरे किनारे पहुँच गए।

कुछ देर बाद जिस संन्यासी ने स्त्री को मदद की थी उसने देखा कि उसका संन्यासी मित्र कुछ बोल ही नहीं रहा है। उसके चेहरे पर नाराज़गी झलक रही है। यह देख उसने उससे पूछा कि 'तुम कुछ नाराज़ क्यों लग रहे हो?'

जवाब में दूसरे संन्यासी ने कहा कि 'संन्यासी होकर तुमने स्त्री को अपने कंधे पर लिया, यह हमारे नियमों में नहीं आता है। ऐसा करके तुमने अपना

व्रत तोड़ा है, इस बात से मैं तुमसे नाराज़ हूँ।'

इस पर पहले संन्यासी ने कहा कि 'मैंने तो उस स्त्री को कभी का उतार दिया और तुम अभी तक उसे अपने विचारों में लेकर घूम रहे हो। क्या इस तरह बोझ को ढोना सही है?'

यह सुनते ही संन्यासी को अपनी गलती का एहसास हुआ। वरना वह इस बोझ को अपने कंधों पर लादकर जीवन जीता रहता। इस कहानी से हमें दो बातें सीखनी हैं। १- उतार दो, २ - उत्तर दो।

उतार दो

जिस भिक्षुक ने स्त्री को अपने कंधे पर उठाया था, उसके अंदर उस वक्त की ज़रूरत का ज्ञान और जाग्रति थी। वह जानता था कि उस समय की माँग उस स्त्री की मदद करने की थी, जो उसने की। आगे बढ़ने के बाद उसने उस स्त्री और उसकी बातों को वहीं किनारे पर उतार दिया। जाग्रति के कारण उसके अंदर इस बात का कोई बोझ नहीं बना कि 'एक भिक्षुक होकर स्त्री को कैसे अपनी पीठ पर ले जाना हुआ?' बल्कि उसके लिए तो वह एक सामान्य घटना थी।

वहीं दूसरी ओर दूसरे भिक्षुक को यह विचार सता रहा था कि भिक्षुक होकर उसके मित्र ने एक स्त्री को अपनी पीठ पर उठाया और भिक्षुकों की मर्यादा का उल्लंघन किया। यह सोच उसकी संकुचित बुद्धि का परिचय देती है। अज्ञानवश इस विचार से उसके अंदर अशांति छा गई। अपने मित्र के इस व्यवहार से उसके मन में मित्र के प्रति क्रोध जागा, जिसका उसके मन पर बोझ बन गया। जब उसके मित्र ने उससे बातचीत कर अपनी समझ का खुलासा किया तब जाकर वह उस बोझ को उतार पाया।

अत: इंसान को भी पहले भिक्षुक की तरह जागृत रहते हुए, समय की ज़रूरत अनुसार कर्म करना चाहिए ताकि जीवन बोझ नहीं बल्कि आनंद बने।

उत्तर दो

'उत्तर देना' यानी मनन करके बोझ से मुक्त होना। इसमें आपको स्वयं से सवाल पूछकर स्वयं को ही उत्तर देना है। जैसे- 'जो बोझ मन पर उठाए हुए हैं, वे क्यों है? क्या मैं वाकई उससे मुक्त होना चाहता हूँ? इससे मुक्त होने के लिए कौन से कदम उठाए जा सकते हैं?' इन सवालों के जवाब ढूँढ़कर हर बोझ से मुक्त हुआ जा सकता है।

जैसे, जिस भिक्षुक ने स्त्री को नदी पार कराई थी, वह अपने मित्र से मनन करवाकर,

अपने अंदर झाँककर खुद ही जवाब प्राप्त करने के लिए कह सकता था। यह भी एक तरीका है, जिससे उसका मित्र मनन के द्वारा स्वत: ही उस बोझ से मुक्त हो सकता था।

इंसान जीवनरूपी भवसागर पार करना चाहता है पर जब तक वह जागृत रहकर जीवन में होनेवाली घटनाओं पर मनन करके अपने विचारों में उत्पन्न बोझ रूपी पसारे को समेट नहीं लेता तब तक वे विचार उसे परेशान करते रहते हैं। वह हलकापन महसूस नहीं कर पाता।

इसलिए जब इंसान अपने आपसे सवाल पूछेगा, उत्तर माँगेगा कि 'मैं दिमाग में कौन-कौन सी बातों को लेकर घूम रहा हूँ... जो घटनाएँ हो चुकी हैं या आगे क्या होनेवाला है, इसका बोझ को लेकर कब तक घूमना है... क्या इसे उतारा जा सकता है?' तब वह अपने अनावश्यक भार से छुटकारा पा सकेगा।

सोच सको तो सोच लो :

१. ईमानदारी से मनन करें कि आपके पास ऐसे कौन से बोझ हैं, जिन्हें आप अभी तक लेकर घूम रहे हैं?

　_____

　_____

　_____

२. समझ मिलने के बाद ऐसे कौन से बोझ हैं, जिन्हें आप तुरंत उतार पाए, मनन कर लिखें।

　_____

　_____

　_____

३. जो बोझ, विचार उतारने में आप नाकामयाब रहे, उन्हें उतारने के लिए आप कौन से कदम उठाएँगे?

　अ. _____
　ब. _____
　क. _____
　ड. _____

अध्याय ४

वास्तविकता कैसे पहचानें
घटनाओं में परदोष नहीं, स्वदर्शन करें

एक लड़के की अत्यावश्यक सर्जरी के लिए डॉक्टर को तत्कालीन रूप से फोन करके अस्पताल में बुलाया गया। डॉक्टर भी अस्पताल पहुँचते ही तुरंत ऑपरेशन की तैयारी में लग गए। तैयारी के बाद जब वह ऑपरेशन थिएटर की ओर बढ़े तब उनकी मुलाकात उस लड़के के पिता से हुई। पिता काफी परेशान और चिंतित दिखाई दे रहे थे। डॉक्टर को देखते ही पिता ने गुस्से में उनसे कहा, 'आपने आने में इतना समय क्यों लगाया? क्या आप नहीं जानते कि मेरे बेटे की जान खतरे में है? आपको अपनी ज़िम्मेदारी का कोई एहसास ही नहीं है।'

डॉक्टर ने शांत रहते हुए कहा, 'मुझे अफसोस है, मैं अस्पताल में नहीं था। कृपया मुझे क्षमा करो। अब आप शांत हो जाएँ ताकि मैं अपना काम कर सकूँ।' उस पर लड़के के पिता ने कहा कि 'अगर मेरे बेटे की जगह आपका कोई नज़दीकी रिश्तेदार मौत से झूझ रहा होता तो क्या आप इतना शांत रह पाते?'

उसकी बात का बुरा न मानते हुए डॉक्टर ने जवाब देते हुए कहा, 'डॉक्टर भगवान नहीं होते, वे मात्र मरीज़ को बचाने का प्रयास करते हैं। हम अपनी ओर से पूरी कोशिश करेंगे। तुम भी अपने बेटे के लिए ईश्वर से प्रार्थना करो।'

कुछ घंटों बाद सर्जरी करके जब डॉक्टर बाहर आए तो उनके चेहरे पर खुशी दिखाई दे रही थी। भगवान का शुक्रिया अदा करके डॉक्टर ने उस लड़के के पिता से कहा कि 'ऑपरेशन कामयाब हुआ और आपके बेटे की जान बच गई है।' फिर पिता के जवाब का इंतज़ार न करते हुए डॉक्टर निकल गए। जाते-जाते बस इतना ही कहा कि 'अगर आपको कोई सवाल है तो आप नर्स से पूछ सकते हैं।' उस पर पिता सोचने लगा कि 'यह डॉक्टर कितना अभिमानी है। कुछ मिनटों तक रुक जाते तो मैं अपने बेटे की स्थिति के बारे में पूछ लेता था।'

फिर पिता जब नर्स के सामने जाकर डॉक्टर की बुराई करने लगा तब नर्स ने कहा, 'कल रात ही सड़क दुर्घटना में उनके पिताजी की मौत हुई है। जब हमने आपके बेटे की सर्जरी के लिए उन्हें फोन किया तब वे अपने पिता की अंतिम विधी के लिए कब्रस्तान में गए थे। परंतु वह कार्य अधूरा छोड़कर यहाँ आकर उन्होंने आपके बेटे की जान बचाई। अब वे अपने पिता की अंतिम विधि करने वापस कब्रस्तान गए हैं।' यह सुनते ही पिता शर्मिंदा हुए और उन्हें अपने बरताव पर अफसोस हुआ।

इस कहानी से हमें यह बोध मिलता है कि घटनाओं के पीछे का सच जाने बिना किसी की निंदा नहीं करनी चाहिए, कोई अनुमान नहीं लगाना चाहिए बल्कि अपनी काल्पनिक सोच को नियंत्रित करते हुए वास्तविकता जानने की कोशिश करनी चाहिए।

इंसान भी बिना सोचे, समझे अनुमान लगाता है और अपना अर्थ निकालकर सामनेवाले में दोष निकालता है। दूसरों की निंदा भी वह केवल कल्पना के आधार पर करता है। जैसे अगर कोई उससे कहता है कि 'फलाँ-फलाँ इंसान हमेशा झगड़ा करता है' तो उसके कहने पर वह भी गलत अनुमान लगाकर उसमें दोष देखने लगता है। वह घटना के पीछे की सच्चाई नहीं देख पाता।

अकसर ऐसी घटनाएँ इंसान के साथ होती रहती हैं कि सामनेवाला किसी और चीज़ के बारे में बता रहा होता है और वह कुछ और ही समझकर उसके बारे में अनुमान लगाता है। वास्तविकता को पहचान नहीं पाता। यही अनुमान, मन को मंद बनाकर परदोष को जन्म देता है। मंद मन बेहोशी की निशानी है।

बेहोशी में इंसान कल्पना करता है कि 'फलाँ ऐसा है... फलाँ वैसा है... यह हमेशा गलती करता है... वह मुझे प्रेम नहीं करता... पैसे की वजह से फलाँ का अहंकार बढ़ गया है... लोगों की ज़ल्दबाजी की वजह से ट्रैफिक जाम होता है...' इत्यादि। अपने इन विचारों को वह दूसरों को बताकर एक तरह से परदोष निकालता है। मगर क्या वास्तव में वह जो सोच रहा है वह सच है या सिर्फ उसका अनुमान है? वास्तविकता

हमेशा अनुमान से अलग होती है।

अत: जब इंसान जो जैसा है, उसे बिना अनुमान के वैसा ही स्वीकार करता है तब वह आगे बढ़ता है। होश में रहकर वह वास्तविकता को पहचान पाता है और बुलंद जीवन जीता है। अन्यथा लोगों की बुराई करके वह खुद भी परेशान होते रहता है। जैसे, कंपनी में एक इंसान अनुमान लगाकर अपने बॉस की निंदा करके हमेशा दु:खी होते रहता है। वहीं पर दूसरे इंसान ने बॉस जैसा है, उसे वैसा ही स्वीकार कर लिया है, जिससे वह हमेशा खुश रहता है।

इंसान बेहोशी में दूसरों के बारे में अनुमान लगाता है। ऐसे में उसे स्वयं को यह याद दिलाना चाहिए कि 'यह केवल एक विचार है, काल्पनिक सोच है, जो किसी के कहने पर बन गई है, वास्तविकता यह नहीं है।' इससे वह परदोष के विचारों से बाहर आकर अपने मन को बुलंद बना पाएगा।

हर घटना में हो अपना ही दर्शन

आपको यह देखना है कि घटना चाहे कोई भी हो, वह आपको हृदय स्थान पर लाने के लिए निमित्त बने, आपको अपना ही दर्शन यानी स्वदर्शन हो। परदोष पकड़ने की आदत टूटे।

आपको यह मनन करना है कि परदोष का बोझ आप कब तक लेकर चलनेवाले हैं... उससे आपको क्या मिल रहा है... आप कौन सी बातों से पलायन करने के लिए ऐसा कर रहे हैं... कौन सी बातों से बचने के लिए कर रहे हैं... यह बोझ लेकर घूमने की कहीं पर आपकी ही इच्छा तो नहीं...। यह दर्शन आपको बहुत साफ-साफ करना है।

आपको किसी ने कुछ भला-बुरा कहा तो आप उस बोझ को लेकर चलते हैं। आप यही सोचते हैं कि 'यह तो मेरी पूँजी है, मेरे अनुभव हैं, मेरे साथ ऐसा हुआ, मेरी माँ ने, मेरे पिताजी ने ऐसा किया, इसने ऐसा किया, उसने वैसा किया।' परंतु अब आपको इस तरह के सारे बोझ को समेटकर इनसे मुक्त होना है।

आप सोचेंगे कि 'मैं इस तरह के बोझ ऐसे-कैसे उतार दूँ? ये उतर सकते हैं, इस पर कैसे यकीन करूँ?' तो इसके लिए आपको अपने ऊपर थोड़ा काम करना होगा। मनन, आत्मविश्लेषण द्वारा यह सहज संभव है। परिवार के सदस्य, पड़ोसी, मित्र, बॉस आदि को लेकर जो नकारात्मक बातें आपके अंदर जमा हुई हैं, जिन्हें अब तक आप उतार नहीं पाए हैं तो अब उन्हें उतार दें और मुक्ति का आनंद लें।

आपको यह पक्का हो जाए कि आपके खुश रहने की ज़िम्मेदारी किसी और की नहीं बल्कि खुद आपकी है। जब आपके अंदर जागृति आएगी, तब आपको यह समझ में आएगा कि आपके द्वारा किसी पर दोष न लगे यह भी आपकी ज़िम्मेदारी है।

सोच सको तो सोच लो :

१. कब-कब आप बिना सोचे-समझें केवल कल्पना के आधार पर सामनेवाले में दोष निकालते हैं?

_____

_____

_____

२. अब तक आप जो परदोष का बोझ लेकर चल रहे हैं, उसके पिछे आपकी क्या मंशा है? यह दर्शन कर इस बोझ को उतारने के लिए आप स्वयं पर किस तरह कार्य करेंगे, मनन कर लिखें।

_____

_____

_____

अध्याय ५

मुकाबले के ज़हर को समेटें
अंदर से "सफेद" हो जाएँ

एक चिड़िया ने एक चील को ऊँची उड़ान भरते हुए देखा तो 'मैं इतना ऊपर क्यों नहीं उड़ पाती?' इस विचार से निराश होकर उसने अपने शरीर की हत्या कर ली।

क्या कभी आपने किसी चिड़िया के बारे में इस प्रकार की खबर पढ़ी या सुनी है? कतई नहीं! मगर इंसान के बारे में आपको ऐसी खबरें अकसर पता चलती हैं।

जैसे एक विद्यार्थी, दूसरे विद्यार्थी के ज़्यादा मार्क्स देखकर या एक उद्योजक, दूसरे उद्योजक की सफलता देखकर अपने आपको दूसरों से कम महसूस करते हैं। दूसरों की तरक्की को देखकर लोगों के मन में मुकाबले की भावना तैयार होती है। तुलना का ज़हर पनपने लगता है, जिस वजह से वे अपने शरीर की हत्या तक कर देते हैं।

इंसान से मुख्य गलती यह होती है कि वह सामनेवाले के बाहरी रूप से अपनी तुलना करता है। यानी सामनेवाला हँसता हुआ दिख रहा है तो उसे खुश देखकर वह

अंदर से दुःखी होता है। इस तरह किसी की बाहरी अवस्था को देखकर उसके मुकाबले अपनी आंतरिक अवस्था की तुलना करना उचित नहीं है। इंसान को चाहिए कि वह दूसरों से वार्तालाप करके उनकी आंतरिक अवस्था भी जान ले।

साथ ही कोई उसे उसकी खुशी की अवस्था के बारे में पूछे तो वह प्रामाणिकता से अपने अंदर की अवस्था की सच्चाई बता पाए। वरना लोग खुश होने की दिखावेबाजी में अपना दुःख छिपाकर खुद को और दुःखी करते रहते हैं। मगर पक्षी-प्राणी जैसे अन्य जीव एक-दूसरे से प्रामाणिकता से पेश आते हैं। कैसे? इसे एक कहानी से समझें।

एक कौआ अपने काले रंग को देखकर बहुत दुःखी था। एक दिन एक सफेद बत्तख को देखकर उसे और अधिक निराशा हुई।

कौए ने जब बत्तख से उसके सफेद रंग के बारे में बातचीत की तो उसे मालूम पड़ा कि बत्तख भी अपने सफेद रंग को लेकर दुःखी है।

बत्तख ने कहा कि 'मैं सिर्फ सफेद हूँ। उस तोते को देखो, उसमें बहुत रंग हैं। मुझे ऐसा रंग क्यों नहीं मिला?'

फिर दोनों ने तोते के पास जाकर कहा कि 'तुम्हारे रंगों से तुम बहुत अच्छे दिखते हो।'

इस पर तोते ने कहा कि 'मेरे भी कोई ज़्यादा रंग नहीं हैं। फलाँ बगीचे में रखे गए उस मोर को देखें, उसके शरीर पर बहुत से सुंदर रंग हैं। मैं उस मोर जैसा क्यों नहीं हूँ।'

अब सभी मोर के पास गए और उन्होंने मोर की सुंदरता के लिए उसकी तारीफ की तो मोर ने कहा कि 'मुझे बहुत लोग देखने आते हैं मगर फिर भी मैं सोचता हूँ कि कौए को छोड़कर सभी पक्षी पिंजरे में रखे जाते हैं। कौए को खुले आकाश में उड़ता देख मुझे लगता है कि काश! मैं कौआ होता।'

अब मोर की बात सुनकर कौआ अंदर से "सफेद" यानी खुश हो गया क्योंकि उसे अपनी मौलिकता का, अपनी खास बात का पता चला।

कौए की कहानी से आपने समझा कि हर इंसान में अपनी-अपनी मौलिकता, हुनर होता है। ज़रूरत है सिर्फ वह पहचानकर उसे खिलने-खुलने का मौका देने की। कई लोग अपनी मौलिकता पर इसलिए काम नहीं कर पाते क्योंकि उनका आजीविका लक्ष्य सेट नहीं होता। उनके लिए पहले पैसे कमाने पर ध्यान देना आवश्यक होता है।

परंतु आपके अंदर ये प्लान स्पष्ट होना चाहिए कि आजीविका के बाद या साथ-साथ प्लान 'बी' पर भी काम करना है। प्लान 'बी' में अपनी मौलिकता के साथ कार्य करने का लक्ष्य रखें। मौलिकता के साथ जीना इसलिए अच्छा है क्योंकि उसके साथ आप बहुत सहजता से जी पाते हैं। सहजता, मौलिकता की दोस्त है। **जो आपसे सहजता से होता है, वह आपको अपनी मौलिकता की तरफ ले जाता है।** जब आप अपनी मौलिकता से दूर होते हैं तो कठिनाई से जीते हैं, आपके अंदर हिचकिचाहट बनी रहती है। इस मौलिकता को प्राप्त करने के लिए आपको दूसरों से बराबरी करने की आदत को समेटकर उससे मुक्ति पानी है।

मौलिकता को लेकर आपके अंदर क्लैरिटी है तो आप अपनी मौलिकता को ही महत्त्व देंगे। कौए की कहानी में सबसे महत्वपूर्ण चीज़ थी वार्तालाप। और उससे भी महत्वपूर्ण चीज़ थी, बत्तख ने भी कौए को अपनी सच्चाई बताई। ठीक इसी तरह तोते और मोर ने भी अपनी सच्चाई बताई। सच्चाई बताने के बजाय यदि बत्तख कहती कि 'हाँ मैं तुमसे श्रेष्ठ हूँ' तो कौआ हमेशा दु:खी ही रहता। जब कौए ने अपनी मौलिकता जान ली तो वह अंदर से सफेद हो गया। बाहर से उसका शरीर काला ही रहा परंतु वह अपनी मौलिकता को जानकर अंदर से खुश हो गया।

ठीक इसी तरह आपका शरीर बाहर से चाहे जैसा भी हो- काला हो, ठिंगना हो, मोटा हो, छोटा हो, स्त्री का हो, पुरुष का हो, हट्टा कट्टा हो या कमज़ोर हो, जब आप अपनी मौलिकता को जान जाते हैं तब आप अंदर से सफेद हो जाते हैं।

ईश्वर ने दो पेड़ के पत्ते भी एक जैसे नहीं बनाए। हरेक पत्ते को थोड़ी ही सही लेकिन आकार में बनाया है। ईश्वर ने कोई भी चीज़ एक जैसी नहीं बनाई है, उनमें विविधता है। यह ईश्वर की रचनात्मकता ही है। इंसान भी इसी ईश्वर का अंश है इसलिए उसके अंदर भी अलग-अलग गुण हैं, मौलिकताएँ हैं। ज़रूरत है तो सिर्फ उन्हें पहचानने की।

दूसरों से बराबरी करने के चक्कर में आपसे अनजाने में यह गलती होती है कि आप दूसरों का विकास देखकर उनसे जलते हैं, उन्हें कोसते हैं, उनके बारे में अपने मन में बुरी भावना लाते हैं। जैसे अमीरों को देखकर, लोग बुरी भावना से सोचते हैं कि हमारा पैसा उनके पास दबा हुआ है। ऐसा सोचने से आप अमीरी के विरोध में आ जाते हैं और अज्ञान में अपने ही सुख के रास्ते में रुकावट बन जाते हैं। जिससे समृद्धि आपके पास आ भी रही हो तो आ नहीं पाती।

इससे उलटा यदि आप किसी के गुण, समृद्धि, स्वास्थ्य, प्रेम, आनंद देखकर प्रेरित होकर प्रार्थना करें कि 'हमें भी ये सब मिले' तो आप दूसरों से बराबरी करने से मुक्ति पा सकते हैं। यदि आप तुलना को भी सही तरीके से लेना सीख जाते हैं तो यह मुकाबला आपके विकास की सीढ़ी बन जाता है।

इस प्रकार अपनी मौलिकता जानकर आप तुलना और बराबरी को समेट लें और अंदर से 'सफेद' हो जाएँ।

सोच सको तो सोच लो :

१. मनन करें कि किन घटनाओं में आप दूसरों से तुलना करने के चक्कर में दुःखी होते हैं?

___

___

___

२. कब-कब आप सामनेवाले को प्रामाणिकता से अपने अंदर की सच्चाई बता पाते हैं? और क्यों?

___

___

___

३. कब-कब आप अपनी मौलिकता से दूर होते हैं? और आगे अपने अंदर की मौलिकता को प्रकाश में लाने के लिए आप किस तरह कार्य करेंगे?

___

___

___

अध्याय ६

बुरी फीलिंग को समेटें

अच्छा लगने का रहस्य जानें

यदि आपको कोई कहे, 'क्या आप कभी स्विट्जरलैंड गए हैं? जाकर आएँ, आपको अच्छा लगेगा।' परंतु क्या आपने यह सोचा है कि 'अच्छा लगना' यानी क्या? हर मनोशरीर यंत्र (शरीर) में 'अच्छा लगने' की चाहत क्यों होती है? चलिए, इस बात को विस्तार से समझते हैं।

अच्छा लगने का रहस्य

लोग अलग-अलग पर्यटन स्थलों पर जाते हैं, वहाँ पर कुछ समय खेल-कूद तथा मौज-मस्ती में व्यतीत करके वापस अपने घर लौटते हैं। नए स्थान पर जाकर उन्हें अच्छा लगता है। वे औरों को भी बताते हैं कि 'हम इस-इस स्थान पर जाकर आए थे तो हमें अच्छा लगा था। आप भी जाकर आएँ, आपको भी अच्छा लगेगा।' इस तरह लोगों को कुछ अच्छा लगता है तो वे दूसरों को वह करने की सलाह देते हैं। अच्छा लगने के ऊपरी-ऊपरी कारण तो लोग जानते हैं कि मन बहल जाता है, तरोताज़ा महसूस होता है। मगर लोगों को क्यों 'अच्छा लगता है', इस बात का रहस्य जानें।

हर इंसान में 'अच्छा लगने' की चाहत होती है। उसके हर कार्य के पीछे उसकी

कोई न कोई चाहत होती है, मकसद होता है। जैसे फलाँ काम जल्दी हो जाए... फलाँ समस्या सुलझ जाए... प्रमोशन हो जाए... आदि। अपने मकसद को पूरा करने के लिए इंसान क्या-क्या नहीं कर गुज़रता है। कार्य पूरा हुआ तो उसे अच्छा लगता है और नहीं हुआ तो अच्छा नहीं लगता। अपने अंदर वह बुरी फीलिंग को महसूस करता है। कार्य पूर्ति होने से दिन के अंत में सोते वक्त उसे अच्छा लगता है। वास्तव में 'अच्छा लगने' की चाहत हर जीव में क्यों है? यह मूल मुद्दा आपको समझना है।

मूल बात समझ में आएगी तो आप अच्छा महसूस करने में कभी कंजूसी नहीं करेंगे। वरना कहेंगे, 'जब तक मेरा फलाँ काम पूरा नहीं होता तब तक मैं अच्छा महसूस नहीं करूँगा... जब तक कोई मेरी तारीफ नहीं करेगा... जब तक मेरे कीचन के, ऑफिस के काम पूरे नहीं होंगे तब तक अच्छा महसूस होने नहीं दूँगा।'

एक इंसान को दस हज़ार की लॉटरी लगती है परंतु इसके बावजूद भी उसे अच्छा नहीं लगता क्योंकि उसने एक लाख की लॉटरी निकाली थी और सिर्फ दस हज़ार रुपए मिले। दूसरी तरफ एक इंसान का किसी ने पॉकेट मार लिया और उसे अच्छा लग रहा है क्योंकि वह सुबह घर से ज़्यादा पैसे लेकर निकलनेवाला था परंतु अचानक उसे विचार आया कि 'आज ज़्यादा पैसे नहीं लेकर जाऊँगा' और वह कम पैसे लेकर घर से निकला। उस वक्त उसके पॉकेट में बहुत कम पैसे उपलब्ध थे। पैसे चोरी होने के बावजूद वह दु:खी होने की बजाय अपने हृदय स्थान पर जाकर सोचता है कि 'मेरे पॉकेट में थोड़े ही पैसे थे मगर इससे भी किसी की कोई ज़रूरत पूरी हो जाएगी। और पैसे जा-जाकर कहाँ जाएँगे, घूम-फिरकर वापस मेरे ही पास आनेवाले हैं।' इस तरह वह हृदय स्थान पर जाकर अलग तरीके से सोच पाया, खुश रह पाया। ठीक इसी तरह आपको भी अपनी बुरी फीलिंग्स को समेटते हुए, अपने हृदय स्थान पर जाकर खुशी को महसूस करना है। फिर चाहे घटना कोई भी हो, आप खुश रह पाएँगे, अच्छा महसूस कर पाएँगे।

दरअसल 'अच्छा लगने' में बाधा यही है कि इंसान हृदय से नहीं बल्कि दिमाग से हर घटना को देखता है, उस पर सोचता है। परंतु अब आपको यह महत्वपूर्ण समझ मिली है कि आपको हृदय पर रहते हुए हर घटना को देखना है। अच्छा लगने के लिए घटनाओं का इंतज़ार करने की ज़रूरत नहीं है। जब आप अपने हृदय स्थान पर रहकर हर घटना को देखेंगे, उस पर मनन करेंगे तब सब कुछ बदल जाएगा। तब आप हमेशा खुश रहेंगे, मुक्ति को, पूर्णता को महसूस करेंगे। यानी 'मेरी चाहतें पूरी हो जाएँगी तो मुझे अच्छा लगेगा', इस पर आप निर्भर नहीं रहेंगे। आप जब चाहे, अच्छा महसूस कर सकते हैं

क्योंकि आपके हृदय स्थान की, सेल्फ की चाहत है कि आप अच्छा महसूस करें। सेल्फ चाहता है, अलग-अलग शरीरों द्वारा अपना अनुभव करना, अपने होने का एहसास करना। सेल्फ उसी शरीर में अपना अनुभव करता है, जिस शरीर में आनंद की, खुशी की फीलिंग है, अच्छा लगने की फीलिंग है। जिस शरीर में अच्छा लगने की फीलिंग है, उस शरीर में सेल्फ स्वयं पर आसानी से लौट पाता है। इसलिए वह चाहता है कि लोग अच्छा लगने का कार्य बिना रुकावट करते रहें। हर शरीर में 'अच्छा लगने' की भावना होती है क्योंकि यह सेल्फ की ही चाहत है।

हर पत्थर स्टेपिंग स्टोन बन सकता है

अज्ञान में इंसान दुःख से मुक्ति पाने के लिए गलत तरीकों में फँसता है या जो सिर्फ कदम थे, मंज़िल नहीं थे, ऐसे कदमों पर रुक जाता है। जैसे, इंसान कीचड़ (दुःखभरी घटना) में है, उसे बुरा लग रहा है, डर लग रहा है कि यह दलदल मुझे निगल न ले। अब उसे दलदल में एक पत्थर (राहत) दिखाई देता है, जिस पर पाँव रखकर इंसान को दूसरी तरफ छलाँग लगानी थी। मगर जब उसे पत्थर दिखता है, तब वह उसे छोड़ना ही नहीं चाहता क्योंकि उसी ने उसे सहारा दिया होता है। ऐसे में समझ यह हो कि वह पत्थर स्टेपिंग स्टोन है, उस पर रुके नहीं रहना है। मगर ज्ञान के अभाव में इंसान से वहाँ रुकने की गलती हो जाती है। वह दुःख में दुःखभरे गीत सुनता है, दुःखभरी फिल्में देखता है तो उसे पहलेवाली भावना से थोड़ा सुकून मिलता है और बुरा लगना कम हो जाता है।

आपको स्वअनुभव की चाहत रखते हुए जीवन में घट रही घटनाओं, संकेतों पर मनन करना है और जो चीज़ें सिर्फ राहत देती हैं, उनसे दूर रहना है। साथ ही यह समझ रखनी है कि अनचाही बातों की वजह से होनेवाली जकड़न आपकी शुभ इच्छाओं को बल देने के लिए है। इसके लिए पहले शुभेच्छाओं को बल देने की तैयारी करें। राहत पाना गलत नहीं है मगर अगला कदम उठाने के लिए प्रार्थना करके उस शुभेच्छा को बल ज़रूर दें। जब आप यह साध लेंगे तब सभी दुःख रूपी पसारे से मुक्त हो जाएँगे यानी उसे समेट लेंगे। दरअसल दुःख मुक्त होकर आप स्वअनुभव की ही मदद करते हैं।

सोच सको तो सोच लो :

१. आपको आज तक किन-किन बातों के पूरा होने से अच्छा लगा है?
   _____
   _____
   _____

२. आज तक किन-किन बातों के अधूरेपन से आपको दुःख हुआ है? ऐसी कुछ बातें याद करें और कागज़ पर उतारें।

   १. _____
   २. _____
   ३. _____
   ४. _____

३. आज की तारीख में आपको 'अच्छा लगने' में कौन सी बाधाएँ हैं, ऐसा आपको लगता है?
   _____
   _____
   _____

४. सेल्फ की चाहत को पूरा करने के लिए आप आगे किस तरह कार्य करेंगे, मनन कर लिखें।
   _____
   _____
   _____

अध्याय ७

गलत प्रतिसाद को समेटकर, सही भविष्य का चुनाव करें

खुश होकर करें उज्ज्वल भविष्य का निर्माण

आपके साथ जब भी कोई घटना होती है तो उसके साथ **चार** बातें होती हैं। अगर आप उन चार बातों पर गौर करें, पूरी तरह सजग रहें तो आप हर घटना का संपूर्ण लाभ ले पाएँगे।

इन चार बातों में से **पहली** बात है, 'असर।' जैसे ही सामनेवाला कुछ हरकत करता है तो उसका आप पर कुछ असर होता है। कभी आप बेचैन होते हैं तो कभी मायूस होते हैं।

दूसरी बात है, 'भुगतान।' आप पर घटनाओं का जो असर होता है, जैसे क्रोध आना, चिड़चिड़ होना, उसे आप भुगतते हैं। जब भी किसी से आपको तकलीफ हो तो आप तुरंत समझ जाएँ कि मेरे द्वारा हुए कर्मों का परिणाम सामनेवाले की हरकत द्वारा कुदरत मुझे दे रही है। यानी यदि कोई आपको गाली दे तो समझ जाएँ कि 'मैंने ही किसी को पहले गाली दी थी, मेरी ही गाली सामनेवाले के पास पड़ी थी, जो वापस मेरे पास आ गई।' इससे आप किसी के व्यवहार से दुःखी होने से बचेंगे। साथ ही यह भी देखें कि सामनेवाले ने तो एक बार गाली दी परंतु मैंने अपने मन में यह बात दोहराकर अपने आपको कितने हज़ार बार गाली दी तो ज़्यादा दुःख किसने दिया- उसने या आपने? इस

सोच से आप स्वयं को दुःख देना बंद कर पाएँगे।

तीसरी बात है, 'प्रतिक्रिया।' प्रतिक्रिया में आप सामनेवाले के व्यवहार से दुःखी होकर उसे कुछ भला-बुरा कह देते हैं। मगर आप खुश रहने का प्रतिसाद भी दे सकते हैं।

चौथी बात है, 'निर्माण।' जब भी आप किसी को बताते हैं कि 'उसने मेरे साथ फलाँ तरह से बरताव किया। फिर मैंने भी उसके साथ वैसा ही किया।' ऐसा बताकर, ऐसी प्रतिक्रिया देकर आप अपने भविष्य के लिए जो निर्माण कर रहे हैं, इसकी आपको खबर नहीं है। आपका यह व्यवहार बीज है, जो आपके भविष्य का निर्माण करता है। यदि घटनाओं में आप इन चार बातों पर गौर करके उन्हें समेटते हुए, सजगता से खुश रहने का प्रतिसाद देंगे तो बहुत जल्दी आप अपना भविष्य सुंदर होते हुए देख पाएँगे।

रोज़मर्रा के जीवन में लोगों को कई सुखद-दुःखद घटनाओं से गुज़रना पड़ता है। मगर एक ही घटना में लोगों द्वारा अलग-अलग प्रतिसाद दिए जाते हैं इसलिए उनका भविष्य निर्माण अलग-अलग होता है। अगर घटना दुःखद है तो उस घटना से गुज़रनेवालों में से सबको दुःख नहीं होता, कुछ लोग दुःख आने पर जागृत होते हैं। वे उस घटना से सीखते हैं और खुशी के साथ आगे बढ़ते हैं।

किसी भी घटना में आप दुःखी होने की बजाय यदि खुश रहने का चुनाव करते हैं तो सामनेवाले को भी अपना चुनाव करने की अनुमति दे पाते हैं। ऐसा करने से आप वर्तमान में ही अपने भविष्य का निर्माण कर पाते हैं।

फिर घटना से गुज़रना ही आपको जीत का एहसास दिलाएगा क्योंकि आपका प्रतिसाद सामनेवाले की वजह से नहीं बल्कि आपकी समझदारी, अकलमंदी से है। आप प्रतिक्रिया नहीं बल्कि प्रतिसाद दे रहे हैं, वह भी खुश होकर- इससे बड़ी जीत कौन सी होगी! अपने मनमुताबिक प्रतिक्रिया देने का सामनेवाले को अधिकार है, यह जब आप समझ जाते हैं, तब आप दूसरों के व्यवहार से होनेवाले दुःख से छूट जाते हैं। जैसे हम बच्चों को खेलने का, शरारत करने का अधिकार देते हैं तो जब वे शरारत करते हैं तब हम दुःखी नहीं होते। जब आप सामनेवाले को मनमुताबिक प्रतिक्रिया देने का अधिकार यानी 'आधी कार' देते हैं तो आपके पास खुश रहने का चुनाव करने की '**असर, भुगतान, प्रतिक्रिया, निर्माण**' ये चार बातों की, चार पहियों की '**पूरी कार**' आ जाती है।

उपरोक्त समझ को प्राप्त करने के बाद आप 'सामनेवाले ने ऐसा कहा' नहीं कहेंगे,

'सामनेवाले ने ऐसा चुना' कहेंगे। आप भी खुश रहने का चुनाव करके, चुन-चुनकर अपने भविष्य का निर्माण करेंगे। सामनेवाला आपसे अच्छा व्यवहार न करे तो भी आप उसके लिए प्रार्थना कर पाते हैं, उसे और स्वयं को क्षमा कर पाते हैं तो आपके पास अपना उज्ज्वल भविष्य निर्माण करने का पूरा अधिकार आ जाता है। यह आपके लिए खुशी की बात है।

घटनाओं से गुज़रकर ही आपको यह सत्य पता चलता है कि घटनाओं में दुःखी होने की आवश्यकता नहीं है बल्कि खुश रहने का विकल्प, चुनाव भी है। आप खुश रहेंगे तो आपका सुंदर भविष्य निर्माण हो जाएगा जो आपके जीवन को सफल बनाएगा।

सोच सको तो सोच लो :

१. मनन करें कि अब तक आपके जीवन में घटी दुःखद घटनाओं का आप पर किस प्रकार असर हुआ है?

_____
_____
_____

२. दुःखद घटनाओं पर आज तक आप किस तरह की प्रतिक्रिया देते आए हैं? अब आपका प्रतिसाद कैसा होगा?

_____
_____
_____

३. अब मिली समझ के अनुसार आप अपने सुंदर भविष्य निर्माण के लिए कौन से कदम उठाएँगे?

_____
_____
_____

अध्याय ८

मन की दलदल को समेटें

गुणवत्ता को बढ़ाएँ

कभी आपके मन में कुछ गलत विचार चलते रहते हैं तो कभी आप डर, क्रोध, ईर्ष्या, लालच जैसे मन के विकारों में फँस जाते हैं। जिस वजह से आपका मन उदास हो जाता है। फिर मन में व्याकुलता, उदासी की दलदल तैयार होती है। और दलदल की यह खासियत है कि उसमें जो भी फँसता है, बाहर निकलने के लिए चाहे लाख कोशिश करे, वह अंदर ही अंदर धँसता जाता है।

मन की इस विकार रूपी दलदल से मुक्ति पाने के लिए कुछ महत्वपूर्ण बातें समझना आवश्यक है।

आपका मन प्रार्थना करने से ग्रहणशील बनता है और ग्रहणशील मन सारी बातें ठीक से समझ पाता है इसलिए सबसे पहले तो ईश्वर से प्रार्थना करें।

मन का दर्शन करें

आपको अपने मन से जुड़े हुए विकार या गलत विचारों का दर्शन करना है। क्योंकि आपके जीवन में मन के विकार काम करेंगे तो आप जिस लक्ष्य को प्राप्त करने के लिए इस पृथ्वी पर आए हैं वह पृथ्वी लक्ष्य पूरा नहीं होगा। इंसान इस पृथ्वी पर आता

है, स्वयं को, सत्य को जानने के लिए। परंतु मन के विकारों की दलदल की वजह से वह स्वयं को जान नहीं पाता। इसलिए आपको ऐसा समझदार मन तैयार करना होगा, जो डल नहीं है, दलदल में फँसा हुआ नहीं है। जब आप अपने मन का दर्शन करेंगे, तब आप मन की दलदल से मुक्त होकर अपना लक्ष्य प्राप्त कर पाएँगे।

छोटे बच्चे का मन साफ होता है। बच्चे को पानी में डाल दिया तो उसके मन में डूबने का डर नहीं होता है। ज़ाहिर है, वह पानी में आसानी से तैर सकता है। लेकिन किसी बड़े इंसान को पानी में तैरने के लिए कहा जाएगा तो वह तैर नहीं पाएगा क्योंकि उसके मन की अवस्था अलग है। उसके मन में यही विचार चलते हैं कि 'मैं तैर नहीं सकता... मुझे तैरना नहीं आता... मैं डूब जाऊँगा...।'

शारीरिक तौर पर तो पानी में तैरने के लिए आप प्रशिक्षण ले सकते हैं। मगर इस संसार रूपी माया में तैरने के लिए, स्वयं को जानने के लिए आपको अपने मन को अच्छी तरह से समझना होगा, उसका दर्शन करना होगा। आप जो केवल मान चुके हैं, जो सत्य नहीं है, ऐसी बातों का दर्शन करेंगे तो उनसे मुक्त होते जाएँगे। और यह होने के लिए मन की वैसी गुणवत्ता तैयार होनी चाहिए। वरना आप इस संसार रूपी माया में फँसकर अपने लक्ष्य को भूल जाएँगे।

मन की गुणवत्ता का महत्त्व

मन की गुणवत्ता को एक चुटकुले से समझेंगे। किसी ने मेंढक की एक टाँग काटकर उसे 'जम्प' करने के लिए कहा क्योंकि उस मेंढक को किसी ने 'जम्प' कहा तो वह जम्प करता था। ऐसे में यदि उसकी दूसरी टाँग काटकर उसे, 'जम्प' करने के लिए कहा जाए तब भी वह जम्प करने की कोशिश करता है। अब मेंढक की तीसरी टाँग काटने के बाद बार-बार, 'जम्प करो, जम्प करो' कहने के बाद भी जब वह जम्प नहीं कर पाता, तब इंसान इस प्रयोग का निष्कर्ष इंसान यह निकालता है कि 'तीन टाँगें कटने के बाद मेंढक की सुनने की शक्ति समाप्त हो जाती है।'

तीन टाँगें कटने के बाद मेंढक जम्प नहीं कर पाएगा, यह समझने के बजाय एक बेतुका निष्कर्ष निकाला गया। इसे ही नासमझी कहा जाता है। नासमझी की दलदल में फँसा हुआ उसका मन गलत निष्कर्ष निकालता है। इसलिए सही निष्कर्ष निकालने के लिए पहले मन की एक गुणवत्ता तैयार होनी चाहिए। गुणवत्ता प्राप्त किया हुआ मन हर बात के सारे पहलू देख पाएगा तो संसार में स्वअनुभव प्राप्त कर सुंदर अभिव्यक्ति कर पाएगा।

मन की गुणवत्ता को बढ़ाने के लिए सत्य श्रवण, पठन, मनन और ध्यान करना बहुत आवश्यक है। इससे मन का मैल निकल जाएगा और मन तीक्ष्ण होकर गुणवत्ता प्राप्त कर पाएगा। साथ ही आपको अपने मन की दलदल को समझना होगा, प्रकाश में लाना होगा कि वाकई आपको किन बातों से दूर रहने की आवश्यकता है। और प्रकाश में आ रही चीज़ों को देखने के लिए मन की जो गुणवत्ता होनी चाहिए, उसे लाने के लिए आपको वर्तमान में उपस्थित रहना सीखना है।

आखिरी बार दर्शन से परिवर्तन

यदि आपको बताया जाए कि अभी आपके सामने जो चीज़ आ रही है, वह आखिरी बार आ रही है तो आप उसे जैसे देखेंगे, ठीक वैसे ही आपको अपने विकारों और विचारों को देखना है। आपको कहा गया कि अब आपको जो पसीना आया है, वह आखिरी बार आया है, इसके बाद आपको कभी पसीना नहीं आनेवाला है तो आप उसे कैसे देखेंगे। आप कहेंगे कि 'अरे! पसीना देखने का यह मौका वापस नहीं आएगा तो मैं अब इसे अच्छे से देख लेता हूँ।'

इस प्रकार आप अपने विकारों को भी देख पाएँ कि वापस यह विकार नहीं आएगा, यह आखिरी बार आया है। जब आप इसी तरह अपने दुःखों को भी देखेंगे तो वह दुःख आपको दुःखी नहीं कर पाएगा। क्योंकि इस प्रकार देखने से आपके मन की एक गुणवत्ता तैयार हो जाती है, जिससे आप अपने विकारों को, विचारों को, दुःख को बिना चिपके देख सकते हैं। इससे आपको साक्षात्कार होगा कि मन की दलदल की वजह से आप दुःख देनेवाली बातों से भाग रहे थे मगर उनसे भागने की ज़रूरत नहीं थी। इस तरह हर विचार और विकार का समय पर दर्शन करने से आपके अंदर परिवर्तन आएगा।

निरंतर अभ्यास से आपको अपने मन के दलदलवाली कालावधि को चीरकर, उससे निकल जाना है। जैसे रॉकेट धरती की गुरुत्वाकर्षण शक्ति को चीरकर बाहर निकलने तक बहुत ताकत लगाता है। वहाँ से निकल गया तो वापस उसे ताकत लगाने की आवश्यकता नहीं रहती है। फिर वह बिना दिक्कत अपनी मंज़िल तक पहुँच जाता है। ऐसी ही ताकत आपको मन की गुणवत्ता प्राप्त करने हेतु लगानी है।

सोच सको तो सोच लो :

१. अपने मन से जुड़े विकारों पर लिखित में मनन करें।
_____
_____
_____

२. मन की दलदल में आप कब-कब फँसते हैं? इस दलदल से बाहर कैसे निकलेंगे?
_____
_____
_____

३. अपने मन की गुणवत्ता को बढ़ाने हेतु आप आज से ही कौन से कदम उठाएँगे?
_____
_____
_____

अध्याय ९

घटना में दुःख भुगतने की आदत को समेटें
संतुष्टि और आनंद को बढ़ाएँ

एक इंसान मंदिर गया था और जब वह मंदिर से बाहर आया तो देखा कि उसकी चप्पल चोरी हो गई थी। यह देख वह क्रोधित हो उठा और उसके मुँह से गालियाँ निकलने लगी। फिर वह किसी और की चप्पल पहनकर बड़े गुस्से में मंदिर से निकल गया।

इस तरह उसने बुरे शब्दों के उच्चारण से और दूसरों की चीज़ बिना पूछे ले जाकर अपने भविष्य के लिए दुःख का निर्माण किया मगर वह इस बात से बेखबर था।

इस घटना के ज़रिए कुछ महत्वपूर्ण बातें समझें। आपके जीवन में इस प्रकार की घटनाएँ घटती रहती हैं, जिससे आपके अंदर द्वेष, नफरत, क्रोध जगता है। दुःखी होकर आप सोचते हैं, 'यह मेरे साथ क्यों हुआ? मुझे ही ऐसी घटनाओं से क्यों गुज़रना पड़ रहा है?'

आप घटनाओं को रोक तो नहीं पाएँगे मगर इन्हें सुघटना (अच्छी घटना) बनाना है या दुर्घटना (बुरी घटना), इसका चुनाव ज़रूर कर सकते हैं।

वरना वे ही घटनाएँ फिर-फिर से होती रहती हैं और हर बार आपका दुःख

कम-कम होने की बजाय बढ़ता है। उलटा समय के साथ दुःख घटना चाहिए। घटना को घटना इसलिए कहते हैं क्योंकि घटना में कुछ घटना यानी कम होना चाहिए। वे ही घटनाएँ वापस घटती हैं, तब उनमें आपके लिए क्या सबक, क्या समझ है, यह आप जान नहीं पाते क्योंकि कभी घटनाओं पर मनन करना सीखा ही नहीं। अगर आपने ठान लिया कि 'इन घटनाओं पर मनन करूँगा, मेरे लिए जो सबक हैं, वे सीखूँगा' तो आप घटना को सुघटना बना पाएँगे। वरना आए दिन लोग कुछ न कुछ हरकत करते हैं और आप उनके व्यवहार से दुःखी, परेशान होते रहते हैं। लोग अपने मूड के अनुसार व्यवहार करते हैं और आप दुःखी हो जाते हैं। किसके मन में कब, क्या आएगा और वह कैसा व्यवहार करेगा, आप नहीं जानते। और आपको रोज़ उन्हीं लोगों बीच में उठना-बैठना है, चलना है, खाना खाना है, व्यवहार, व्यापार करना है। ऐसे में क्या आप हरेक के व्यवहार से इसी तरह दुःखी होते रहेंगे? इस व्यर्थता का दर्शन होना आवश्यक है। दूसरों के व्यवहार से आपको दुःख भुगतने की आवश्यकता नहीं है। इससे दुःख मुक्ति का कोई छोर मिलेगा ही नहीं।

अब आपको व्यर्थ ही दुःख भुगतने की इस आदत को समेटना है। यह तय करना है कि आप किस तरह का जीवन जीना चाहते हैं। घटना को आप रोक नहीं सकते मगर उसमें दुःखी न होने का विकल्प ज़रूर चुन सकते हैं। इसके लिए आगे दिए गए सवालों पर मनन अवश्य करें।

पहला सवाल, 'घटना में क्या घटना चाहिए, जो बढ़ता है? क्या बढ़ना चाहिए, जो घटता है?'

दूसरा सवाल, 'जब कोई घटना होती है, तब आपमें खुश होने की या दुःखी होने की, किस बात की जल्दबाज़ी होती है?'

घटना को सुघटना बनाने का ज्ञान नहीं है तो पहले आप दुःखी होने का चुनाव करते हैं। क्योंकि बचपन से यही प्रशिक्षण मिला है कि जैसे ही कोई नकारात्मक घटना हो, दुःखी होना है। इसलिए घटनाओं में दुःखी होने की ही जल्दबाज़ी रहती है।

जैसे किसी बीमारी को ठीक करने के लिए करेले का जूस पीना पड़ रहा है तो आप बहाना बनाकर निपटने की कोशिश करते हैं। अपराध बोध भी महसूस करते हैं। यह नहीं सोचते कि इसका कोई और विकल्प हो सकता है। इसके कैप्सुल्स भी मिलते हैं, वह ले सकते हैं। और इसकी जानकारी नहीं है तो किसी से पूछने का प्रयास भी नहीं करते। जो दुःख मिला ही नहीं, उसे भुगतने में जल्दबाज़ी करते हैं।

जब आप खुद से ईमानदारी से पूछेंगे कि 'किसी के व्यवहार से जब मुझे दुःख होता है, तब मैं दुःखी होने में जल्दबाज़ी करता हूँ या खुश होने में?' जवाब यही आएगा कि बेहोशी में दुःखी ही होते हैं।

यदि आप घटना में दुःखी होते भी हैं तो खुद से पूछें कि 'इस घटना में या वर्तमान में मैं अपना मूड कैसा चाहता हूँ? कोई कैसा भी व्यवहार करे, कैसा भी वातावरण हो, घटना कोई भी हो, पर मेरा मूड कैसा होना चाहिए?' खुद से यह सवाल पूछते ही आपका मूड ठीक होना शुरू हो जाएगा।

जैसे दौड़ प्रतियोगिता में सब लोग अपने स्थान पर खड़े होते हैं। 'ऑन युवर मार्क गेट सेट, गो' कहते ही सब दौड़ते हैं और दूर कहीं रिबन बँधी होती है, उसे तोड़कर आगे निकलना होता है। इसके अलावा कोई विकल्प हो सकता है, यह सोच ही नहीं पाते। मगर अब आप अपने जीवन की दौड़ में कुछ अलग सोचेंगे।

क्या ऐसा हो सकता है कि जीवन की दौड़ में जहाँ से आप दौड़ की शुरुआत करेंगे, वहाँ रिबन बँधी है, जिसे तोड़कर आप आगे जाएँगे। यानी शुरुआत ही अंत (खुशी) से होगी तो आपकी दौड़ बहुत खुशी से होगी।

आप दौड़ना चाहते हैं क्योंकि प्रतियोगिता में जीतना चाहते हैं और जीतना चाहते हैं क्योंकि इससे आपको खुशी, संतुष्टि मिलेगी। आपकी हर चाहत के पीछे की चाहत है, खुशी और संतुष्टि पाना। परंतु 'क्या हम संतुष्टि से ही शुरुआत नहीं कर सकते?' यह सवाल खुद से पूछा ही नहीं।

आपके साथ किसी ने गलत व्यवहार किया मगर उसने ऐसा क्यों किया, वह किन बातों से गुज़र रहा है, यह आप नहीं जानते। आप उस इंसान को कुछ बोल नहीं सकते मगर अपना मूड तो ठीक रख सकते हैं। 'घटना तो हुई है लेकिन अब मेरा मूड कैसा होना चाहिए?' यह सवाल खुद से पूछते ही आप दुःखी होने की जल्दी न करते हुए खुशी को बरकरार रखेंगे।

पहली बात, पहले लाई जाए, घटना होते ही पहले उपरोक्त सवाल पूछकर आप खुश होंगे तो दुःख के बंधन में नहीं बँध पाएँगे। लोग सिर्फ बाहरी चीज़ों में आनंद ढूँढ़ते रहते हैं। और आनंद देनेवाली चीज़ सामने आई तो खुश होते हैं और हाथ से छूट गई तो दुःखी होते हैं। अब आपको यह समझ मिल चुकी है कि हर घटना को खुशी से देखते हुए निश्चिंत जीवन जीना है। इससे आपका मूड हमेशा अच्छा रहेगा।

सोच सको तो सोच लो :

१. मनन कर लिखें कि घटना में आपका मूड कैसा होता है?

   _____

   _____

   _____

२. घटना को सुघटना बनाने के लिए आप अपनी तरफ से कौन से कदम उठाना चाहेंगे, मनन कर लिखें।

   _____

   _____

   _____

अध्याय १०

अनचाहे शब्दों को समेटें

शब्दाने नहीं, सयाने बनें

रोज़मर्रा के जीवन में इंसान की जुबान जो शब्द कहती है, उसी से ही उसका जीवन तैयार होता है। अपनी जुबान से यदि वह हमेशा क्षमा के बोल, मीठे बोल बोलता रहेगा तो उसके बोल शुक्रिया, धन्यवाद बन जाएँगे। इससे उसकी जुबान की ताकत बढ़ जाएगी। अपने शब्दों में मिठास डाले या कड़वाहट, यह उसी पर निर्भर होता है।

जैसे, कुछ कबीले के लोग एक खाली नली में, ज़हर में डूबी हुई सुई डालते हैं। फिर उस पर अपनी मुँह की ताकत से फूँक मारकर वे अपने दुश्मन पर प्रहार करते हैं। आपके मुँह से निकलनेवाले शब्द भी ऐसे ही होते हैं। कभी कुछ नकारात्मक शब्दों का असर सामनेवाले की मृत्यु तक का कारण बन सकता है।

इसलिए आप अपने ज़ुबान से कौन से शब्द कहते हैं और लोगों की ज़ुबान से कौन से शब्द सुनते हैं, इसके प्रति आपको सजगता रखना ज़रूरी है। किसी के नकारात्मक शब्द आपके कान पर टकराए और आपने उन्हें अंदर ले लिया तो वे शब्द आपके अंदर काम (बुरा परिणाम) करने लगते हैं। इसीलिए आपको ज़ुबान की ताकत और कान की शक्ति पर कार्य करना चाहिए।

दुगने नुकसान की आदत से बचें

आप किसी से जो शब्द कहते हैं, वे आपके पास वापस लौटकर आते हैं। इसलिए आप वे ही शब्द बोलें, जिन्हें सुनना आपको पसंद है।

कुछ लोग अनजाने में किसी को कुछ बोल देते हैं, परंतु सामनेवाले पर उसका बहुत गहरा असर होता है। क्योंकि उसने वे शब्द बचपन में किसी से गुस्से के रूप में सुने हुए होते हैं। मगर वे सामान्य होने के बावजूद, उनका असर उस पर दूसरों के मुकाबले ज़्यादा तकलीफदेह साबित होता है।

जैसे, कोई किसी को उसके पूर्वजों के निम्न माने जानेवाले पेशे को लेकर चिढ़ाता है, जिसे सुनते-सुनते वह बड़ा होता है। जब कोई वापस उससे वही शब्द बोलता है तो उन शब्दों का घाव बहुत गहरा हो जाता है। अज्ञान है तो इंसान इस प्रकार के शब्दों को गलत ढंग से लेता है और अपनी हानि के लिए खुद ज़िम्मेदार बनता है। इस तरह एक तो सामनेवाले ने गलत शब्दों का इस्तेमाल किया और दूसरा, सुननेवाला उन शब्दों पर सोचते-सोचते खुद को बार-बार तकलीफ दे रहा है। ऐसे में तो यह 'दुगने नुकसान की आदत' बन जाती है। यहाँ पर बोलनेवाला अज्ञान में है, वह भले ही कुछ बोल दे मगर सुननेवाले को तो सजग रहकर अपना नुकसान होने से रोकना चाहिए।

जब कभी आपको किसी से गलत शब्द सुनने पड़ते हैं, तब अपने आपको पूछना है कि 'अगर किसी ने मुझे इस तरह कुछ कहा न होता, तब मैं इस वक्त क्या कर रहा होता था?' इस प्रकार अपने आपसे सवाल पूछने से आपमें जागृतता बढ़ेगी। किसी के गलत शब्द कान पर पड़ते ही आप सजग हो जाएँगे। सजगता होगी तो आप अपने अंदर जानेवाले शब्दों का चयन कर पाएँगे कि आपके अंदर कौन से शब्द प्रवेश करें। सजगता बढ़ेगी तो आप हृदय तक पहुँचानेवाले शब्दों का ही चुनाव करेंगे, उन्हें अपने अंदर आने देंगे। इस तरह आप इस आदत को समेटने में कामयाब होंगे।

संक्रामक, चक्रामक रोग

जब कोई परिस्थिति वश सामनेवाले को कुछ नकारात्मक बोल देता है तब सामनेवाला वह सुनकर दुःखी हो जाता है। जो नकारात्मक बोल रहा है, उसे यह पता ही नहीं चलता कि उसके शब्दों से सामनेवाले का कितना नुकसान होता है। ऐसे में सामनेवाले को भी अपनी हानि की वजह से वह बात किसी को बोल देने की ज़रूरत महसूस होती है। इस तरह यह 'संक्रामक रोग' 'वायरल इफेक्ट' की तरह फास्ट फैलता है।

इसके लिए आपको कान पर टकरानेवाले और मुँह से निकलनेवाले शब्दों के प्रति सजग होना आवश्यक है। सामनेवाला बोलकर थोड़ी राहत पाकर चला जाता है मगर सुननेवाला सुनते वक्त यदि अपने अंदर कार्य कर पाता है यानी अपने कानों को समझा पाता है, गलत शब्द कान पर पड़े इसके लिए क्षमा माँग पाता है, ध्यान-जप कर पाता है तो वह ऐसे शब्दों का असर न खुद पर होने देता है, न किसी और को ऐसे शब्द बोलता है। इस तरह वह चेन उधर ही टूट जाती है। गपशप, परनिंदा चक्रामक रोग न बन जाए इसलिए आपको सजग होना है। साथ ही अपने योग्य व्यवहार से औरों के लिए भी सही निमित्त बनना है।

कुछ शब्दाने, कुछ सयाने

इंसान के शब्दों की ऐसी संभावना है कि वे लोगों के हृदय को जोड़ सके। मगर उसके लिए बोलते वक्त सजग रहने की ज़रूरत है क्योंकि कुछ लोग शब्दाने और कुछ लोग सयाने होते हैं।

शब्दाने लोग शब्दों को वैसा का वैसा लेते हैं। उन पर शब्दों का बहुत असर होता है। किसी ने उनका नुकसान कर दिया, उनकी कोई वस्तु तोड़ दी, गुम कर दी तो उन्हें चलता है। मगर किसी का बोला हुआ बुरा शब्द वे स्वीकार नहीं कर पाते। उसी शब्द को पकड़कर वे दुःख मनाते रहते हैं। लोगों से कभी उस वक्त की परिस्थिति अनुसार लापरवाही से कुछ शब्द निकल जाते हैं। ऐसे में शब्दाने लोग 'उसने ऐसा क्यों बोला', यह सोचकर दुःखी होते हैं। बोलनेवाले के शब्दों के पीछे का भाव वे समझ नहीं पाते।

मगर सयाने लोग किसी के शब्दों में नहीं अटकते। बोलनेवाले के शब्दों के पीछे जो बताया जा रहा है, उसे वे समझ पाते हैं। वे सोचते हैं कि सामनेवाले ने ऐसे शब्द बोलकर कुछ राहत प्राप्त की होगी, अपना तनाव, गुस्सा निकाल दिया होगा। बाद में वह समझ जाएगा कि उसके शब्द सही नहीं थे, तब वह क्षमा भी माँग सकता है। इस तरह सयाने लोग अकसर समझदारी से काम लेते हैं।

अब आप समझ गए होंगे कि आपको शब्दाने नहीं बल्कि सयाने बनना है। लोगों को तकलीफ देनेवाले शब्दों को समेटना शुरू करें और देखें कि शब्दों में अटके बिना उनका आनंद कैसे लिया जाता है।

उपर्युक्त बातों को जानने के बाद नीचे दिए गए प्रश्नों पर मनन करें ताकि दुःख देनेवाला ऐसा कोई हिस्सा आपके जीवन में न रहे, सब निकल जाए। आप उससे होनेवाले दुःख से मुक्त भी हो जाएँ।

सोच सको तो सोच लो :

१. आपको मनन करके देखना है कि अब तक आप पर ऐसे कौन से शब्दों का प्रहार हुआ है, जिसका असर आप आज भी महसूस कर रहे हैं?

२. मनन कर लिखें कि ज़्यादातर ऐसे कौन से शब्द आपसे निकलते हैं, जिनकी वजह से सामनेवाले को ठेस पहुँचती है? और आगे आप इसके प्रति क्या खबरदारी रखेंगे?

३. आपकी ज़ुबान पर क्षमा की मिठास कैसे आ सकती है, मनन कर लिखें।

४. दूसरों के नकारात्मक शब्द कान पर पड़ने पर आप क्या सजगता रखनेवाले हैं?

अध्याय ११

अपनी मौलिकता को पहचानें
ईर्ष्या को समेटकर सबको लाभ दें

हर इंसान की अपनी-अपनी मौलिकता (Originality) होती है। जब आप यह बात भली-भाँति समझ जाएँगे तब आप दूसरों से ईर्ष्या करना बंद कर देंगे।

अपने आपमें सुधार लाने के लिए, अपनी कला को निखारने तथा हुनर को बढ़ाने के लिए जब आप खुद की तुलना खुद से करते हैं कि 'फलाँ काम मैं कल के मुकाबले आज और बेहतर करने का प्रयास करूँगा' तो यह तुलना काम की है। वरना जिससे दुःख के अलावा कुछ नहीं मिलता है, ऐसी ईर्ष्या से आपको मुक्त होना है।

हर इंसान की कहीं न कहीं सूक्ष्म चाहत होती है कि 'मैं जो चाहूँ, वह मुझे, मेरे तरीके से, मेरे समय पर मिल जाए। मुझे दूसरों से ज़्यादा मिले।' और जब ऐसा होता हुआ नहीं दिखता तब इंसान ईर्ष्या के चक्कर में फँसकर खुद के साथ-साथ दूसरों का भी नुकसान करता है। इसे एक कहानी से समझें।

एक इंसान ने ईश्वर को प्रसन्न करने के लिए घोर तपस्या, साधना की। जब ईश्वर प्रसन्न हुआ तब उस इंसान ने वर माँगते हुए कहा कि 'मैं जो चाहूँ, वह मुझे मिल जाए।'

ईश्वर ने वर देते हुए कहा, 'तुम्हें जो चाहिए वह अवश्य मिलेगा मगर शर्त यह है कि तुम्हें जो चीज़ मिलेगी, वही चीज़ तुम्हारे पड़ोसियों को दो मिलेंगी। यानी तुम्हें घर चाहिए तो पड़ोसी को दो घर मिलेंगे।'

आगे उस इंसान ने देखा कि उसके एक-एक चीज़ माँगने के साथ पड़ोसी ही अमीर बनते जा रहे हैं। ऐसे में चिंतित होकर उसने ईश्वर से यह माँगना शुरू किया कि 'मेरी एक आँख फूट जाए ताकि पड़ोसियों की दोनों आँखें फूट जाएँ। मेरे घर के बाहर एक कुआँ हो ताकि पड़ोसियों के घर के बाहर दो कुएँ हों और वे दोनों आँखों से अंधे होकर कुएँ में जाकर गिरें।'

इस प्रकार दूसरों से मुकाबले की भावना लेकर और ईर्ष्या में फँसकर उसने मिले हुए वरदान को अभिशाप में बदल दिया।

इस कहानी से आपने समझा कि उस इंसान को ईश्वर से मिले हुए वरदान का बहुत लाभ हो सकता था। यदि वह सही तरीके से सोच पाता तो ईर्ष्या से मुक्त होकर आनंदित जीवन जी सकता था। खुद के साथ-साथ लोगों को भी उस वरदान का लाभ पहुँचाने का विकल्प चुन सकता था। परंतु उसने ईर्ष्या को चुना और दु:खी रहा।

ईश्वर से मिले हुए वरदान को लेकर उस इंसान के पास दो विकल्प थे। एक विकल्प था कि वह ईर्ष्या को छोड़कर अपनी मौलिकता को पहचानता, उसे लोगों के सामने रखता कि 'मुझे मिले हुए वरदान की वजह से आपको भी चीज़ें मिलनेवाली हैं' तो लोग उसका अलादिन के चिराग के जिन की तरह स्वागत करते। हर जगह उसकी आवभगत होती कि यह इंसान हमारे लिए ज़रूरत की चीज़ों की व्यवस्था कर रहा है। क्योंकि हर कोई उसकी तरह वर प्राप्त नहीं कर सकता था।

दूसरा विकल्प यह था कि वह पड़ोसियों को बताता कि 'मुझे मिले हुए वरदान का सही लाभ हो, उसके लिए हम मिलकर तय करते हैं कि हम सबको क्या-क्या चाहिए ताकि वे चीज़ें हमारे मुहल्ले में सभी को मिलें।' वह लोगों से पूछ सकता था कि 'अगर आपके पास दो घड़ियाँ, दो गाड़ियाँ आ जाएँ तो क्या उसमें से एक आप किसी ज़रूरतमंद को दे सकते हैं?' तो यह सुनकर लोग तैयार हो जाते क्योंकि उन्हें मुफ्त में चीज़ मिलने जा रही थी और उसी में से एक चीज़ उन्हें किसी और को देनी थी। जिससे मुहल्ले के बाहर भी कई लोगों के पास उनके काम की चीज़ें पहुँच सकती थीं। वह जो चीज़ माँगता, सभी को वह चीज़ डबल मिलती और उनमें से एक वे बाँटकर आते थे तो यह भी हो सकता था कि उस वजह से लोग उस इंसान को बहुत आदर देते।

यदि वह इंसान विश्व की समस्याएँ सुलझाने के लिए अपने वरदान की शक्ति का उपयोग करता, नई-नई जगहों पर जाकर रहता और सभी को सुख पहुँचाता तो खुद भी बहुत आनंदित रहता। साथ ही लोगों के विकास के लिए कारण बनता। परंतु ईर्ष्या की गिरफ्त में आकर वह आनंद से महरूम रह गया।

उस इंसान ने जिस तरह साधना की, तप किया उस तरह सभी लोग नहीं कर पाते। मगर उसका मन शुद्ध न होने की वजह से वह वरदान, अभिशाप बन गया।

यदि आपके द्वारा भी ईर्ष्या के कारण नकारात्मकता फैली है तो तुरंत सजग होकर उन्हें समेट लें और अपनी मौलिकता यानी अपने अंदर के विशेष गुणों को पहचानकर उनका लाभ लें।

आप भी मौलिकता के रूप में मिले हुए वरदान को पहचानें और उनका सभी को लाभ मिले इसके लिए प्रयत्नशील रहें। दूसरों से ईर्ष्या करना छोड़कर अपने अंदर की शांति को बरकरार रखने का प्रयास करें।

सोच सको तो सोच लो :

१. बचपन से लेकर आज तक आपको किसी से तुलना या ईर्ष्या करने की वजह से कौन से दुःख भुगतने पड़े हैं, इस पर मनन कर लिखें।

_____
_____
_____

२. अपनी 'मौलिकता' ढूँढ़ निकालें और उसे लिखित में लाएँ।

_____
_____
_____

३. आप अपनी मौलिकता का उपयोग विश्व की समस्याओं को सुलझाने में किस तरह कर सकते हैं, मनन कर लिखें।

_____
_____
_____

अध्याय १२

बेहोशी को समेटकर होश बढ़ाएँ

अपने विचारों को सजगता से देखें

दो गधों की एक मशहूर कहानी हमने कई बार सुनी व पढ़ी होगी। आइए, इसे फिर से ताजा करें और अपना होश बढ़ाएँ।

दो गधे रास्ते से जा रहे हैं। एक की पीठ पर दस किलो नमक की बोरी है और दूसरे की पीठ पर दस किलो रूई की बोरी है। अपने ऊपर रूई की बोरी देखकर वह गधा अपने मित्र से कहता है, 'मालिक ने मुझ पर तुमसे ज़्यादा बोझ रखा है। आकार से ही इसका पता चल रहा है।' मगर सच्चाई आप जानते हैं कि दोनों पर बराबर का बोझ लदा हुआ था। दुःखी गधा बोझ के आकार में उलझता चला गया। जबकि उसे इसके बारे में सोचने की कोई आवश्यकता नहीं थी।

बोझ का वज़न समान है, यह अगर कोई उस गधे को बताता तो वह दुःखी नहीं होता।

इंसान के साथ भी ठीक ऐसा ही होता है। जिन बातों पर सोचने की कोई आवश्यकता ही नहीं है, उन बातों पर सोचकर वह दुःखी होता रहता है। उन्हीं बातों में उलझकर, उनका बोझ उठाते-उठाते जीवनभर दुःख मनाता रहता है। पहले गधे की

तरह ही इंसान दिखावटी सत्य (जो सिर्फ दिखाई देता है, असल में वैसा होता नहीं है) में उलझकर दु:खी होता है।

अब उन गधों के साथ आगे क्या हुआ यह जानते हैं।

जिस गधे पर नमक का बोझ था, वह गरमी की वजह से पानी में जा बैठा। थोड़ी ही देर में कुछ नमक गल गया तो उसका बोझ हलका हो गया। ऐसे में उसने दु:खी गधे को बताया कि 'यह जादुई पानी है, मैं इसमें जाकर बैठा तो मेरा बोझ हलका हो गया।' तब दु:खी गधा भी बोझ को कम करने हेतु पानी में जा बैठा। परंतु कुछ देर बाद वह बहुत दु:खी होकर लौटा क्योंकि रूई में पानी भर जाने से उसका वज़न पहले से ज़्यादा हो गया था।

उस दु:खी गधे की तरह कुछ लोग अपने काम करने का तरीका छोड़कर, दूसरे की देखादेखी बिना सोचे-समझे, उनकी तरह काम करने का प्रयास करते हैं। जब उनका काम बिगड़ जाता है तब उन्हें परेशानी का सामना करना पड़ता है। आपने कुछ लोगों को ऐसी शिकायतें करते हुए सुना होगा कि 'मेरे साथ ही ऐसा क्यों होता है?' ऐसा इसलिए होता है क्योंकि वे दूसरों से तुलना करते हुए अनावश्यक चीज़ों पर सोच-सोचकर परेशान होते हैं, दु:ख मनाते हैं।

यह याद रखें कि कोई कुछ भी करे, आपको मात्र वही करना है, जो करना आपके लिए ज़रूरी है। होश के साथ अपने काम करें। तुलना जैसे विचारों को अपने अंदर आने न दें। ये विचार तभी प्रवेश करते हैं जब आप इनके प्रति बेहोश हो जाते हैं। इस तरह दु:ख का सिलसिला कभी रुकता ही नहीं। नतीजन बेहोशी का दुश्चक्र बढ़ता जाता है। इसलिए सबसे पहले तो अपनी बुद्धि को सही दिशा देना व बेहोशी को तोड़ना ज़रूरी है। जीवन में आनेवाली घटनाओं, दु:खों, तुलना के विचारों को जब आप होश के साथ देखेंगे तब आप उनसे मुक्त होने की राह पर आगे बढ़ेंगे।

जितना जल्दी आप अपनी बेहोशी को स्पष्टता से देखेंगे, उतना ही जल्दी उसका होश में रूपांतरण होगा और आपका हर कार्य सजगता के साथ होगा। इस तरह अनचाहे विचारों को आप समेटने में कामयाब होंगे।

सोच सको तो सोच लो :

१. मनन कर लिखें कि अपने विचारों के प्रति आपके अंदर कब-कब बेहोशी छा जाती है?

_____

_____

_____

२. आपने आज तक कब-कब दिमाग के संवाद को महत्त्व दिया है?

_____

_____

_____

३. घटनाओं में अपनी बेहोशी को तोड़कर सजगता लाने के लिए आप आज से ही कौनसे कदम उठाना चाहेंगे, मनन कर लिखें।

_____

_____

_____

अध्याय १३

लोगों से मदद की अपेक्षा को समेटें

अपनी मदद खुद करें

कई बार आपके मन में ये विचार आते रहते हैं कि 'ज़रूरत के वक्त घरवाले मदद नहीं करते... मित्र मदद नहीं करते... पड़ोसी काम में नहीं आता... ज़रूरत के वक्त बस नहीं मिलती... ज़रूरत के वक्त बारिश नहीं होती...' इत्यादि। इस तरह की विचारधारा के चलते नीचे दिए गए दो वाक्यों में से सही वाक्य का चुनाव करें।

'ज़रूरत के वक्त लोग मदद नहीं करते'

और

'ज़रूरत के वक्त मैं ख़ुद की मदद नहीं करता',

इनमें से कौन सा वाक्य आपको सही लगता है?

जब आपको लगता है कि आपको ज़रूरत है और लोग आपकी मदद नहीं कर रहे हैं, तब आपको पहले यह देखना है कि आप खुद की मदद कर रहे हैं कि नहीं? जब आप इस तरह देखना शुरू करेंगे, मनन करेंगे तब यह बात प्रकाश में आएगी कि असल में ज़रूरत के वक्त आप खुद की मदद नहीं करते।

यह देखें कि आप ऐसा क्या कर रहे हैं, जिसकी वजह से आपको अपनी मदद नहीं मिलती है।

किसी से जब मदद नहीं मिलती तब आप नकारात्मक विचारों से घिर जाते हैं, आपको बहुत गुस्सा आता है। आप घंटों इसी के बारे में सोचते रहते हैं। इस तरह आप अपना बहुत सारा समय व्यर्थ गँवाते हैं। यही कारण है कि आप खुद की मदद नहीं कर पाते। उल्टा इस सोच की वजह से आप नकारात्मकता फैलाते हैं और अपने जीवन में दु:ख को आमंत्रित करते हैं।

इस तरह की इच्छा से मुक्ति पाने के लिए, पहले लोगों से मदद पाने की अपेक्षा को समेट लें और खुद की मदद करना शुरू करें। खुद की मदद कैसे करनी है, एक उदाहरण से समझें।

कोई आपको बताता है कि रोज़ बीस मिनट ध्यान में बैठना चाहिए परंतु यह आपको कठिन लगता है। यानी आप खुद की मदद नहीं कर रहे हैं। जब आप सोचेंगे कि 'मैं रोज़ बीस मिनट न सही, कुछ मिनट तो ध्यान कर ही सकता हूँ।' फिर जब आप कुछ मिनट ध्यान में बैठना शुरू करते हैं तब आप खुद की मदद करते हैं। वरना ध्यान में बैठना नहीं हो रहा है, यह सोचकर ही इंसान दु:खी होता है और खुद की मदद से दूर होता है। इसलिए सबसे पहले आपको खुश होना है और जितना समय आप ध्यान कर पा रहे हैं, उसके लिए धन्यवाद देना है।

क्या आपने सोचा है कि जीवन में यदि चंद लोग आपको सहयोग नहीं कर रहे हैं तो इसका मतलब यह नहीं कि वही चंद लोग दुनिया हैं। जीवन कई लोगों और परिस्थितियों से जुड़ा होता है। वातावरण और प्रकृति भी हर कदम पर सहयोग करते हैं पर आप उसे नज़रअंदाज़ कर, शिकायत करते हैं कि 'कोई मेरी मदद नहीं कर रहा है।' आप साँस लेते हैं तो आपको ऑक्सीजन कहाँ से मिलती है? क्या पेड़ आपको सहयोग नहीं कर रहे? जिस ज़मीन पर आप चलते हैं, क्या वह सहयोग नहीं कर रही? फिर भी यह विचार आता है कि कोई मेरी मदद नहीं कर रहा है। आप यह पुस्तक पढ़ पा रहे हैं, इस कार्य में कितनी चीज़ें आपको सहयोग कर रही हैं, उदा. कुर्सी, चश्मा, आपकी आँखें, हाथ, प्रकाशक इत्यादि।

सच तो यह है कि संपूर्ण सृष्टि आपकी मदद करती है, हर कदम पर, हर घड़ी, हर साँस में लेकिन आप इस ओर ध्यान ही नहीं देते। आप अपनी नकारात्मक भावनाओं की

तरफदारी में इतने तल्लीन रहते हैं कि मिलनेवाले हर सहयोग का मूल्य ही नहीं समझते।

कभी-कभी लोगों से यह गलती होती है कि वे दूसरे हमें मदद करें, इस इच्छा में समय गँवाते हैं और बाद में भी पछताते हैं कि 'काश! हम ही ने कुछ किया होता तो हमारा काम हो गया होता था।' मगर उन्हें पता नहीं है कि ऐसा सोचकर, दुःखी होकर वे अभी भी खुद की मदद नहीं कर रहे हैं। कभी-कभी ऐसा होता है कि मदद न करके भी लोग हमें मदद कर रहे होते हैं। जैसे वे हमारा काम न करके उलटा हमें आत्मनिर्भर बना रहे होते हैं, कुछ नई चीज़ें सीखने के लिए हमारे लिए निमित्त बन जाते हैं।

कई लोग अपनी कमियों को लेकर ज़िंदगीभर दुःखी रहते हैं और यही सोचते हैं कि उनके साथ कुछ गलत हुआ। इस तरह दुःखी रहकर वे खुद की मदद नहीं कर पाते। इंसान को खुद की मदद करने के लिए पहले खुश होना होगा। क्योंकि आपकी खुशी आपके कामों में आपको सफलता दिलाएगी।

दुनिया में कई लोग अपाहिज होते हैं फिर भी वे स्वावलंबी बनकर खुद की मदद करते हैं और जीवन में आगे बढ़ते हैं, जिन्हें पूर्ण अंग हैं, उन लोगों के लिए प्रेरणा बनते हैं।

जैसे 'लुई कूने' नाम का एक इंसान अचानक बीमार पड़ा तो वह यह नहीं सोचता बैठा कि 'लोग मेरी मदद करें।' उसने प्रकृति से मिलनेवाली दवाइयों की खोज कर स्वास्थ्य पाया तथा नैचरोपैथी का निर्माण किया। लुई कुने जर्मनी के एक प्रसिद्ध चिकित्सक के रूप में जाने जाते हैं। इन्होंने प्राकृतिक चिकित्सा प्रणाली को विशेषकर जल चिकित्सा को उन्नति के शिखर तक पहुँचाने के लिए जीवन का अधिकांश समय दिया।

ठीक इसी तरह आपको भी अपनी सोच पूरी तरह से बदलनी है। जब भी मन कहेगा कि 'लोग मेरी मदद नहीं कर रहे हैं' तब उसे कहना है कि 'मुझे खुद की मदद करनी है।' जब भी आप घटनाओं में सही प्रतिसाद देकर अपनी मदद करेंगे, तब अपने आपको धन्यवाद अवश्य दें। वरना मन वही गलतफहमी में जाना चाहता है कि लोग मदद नहीं करते। जैसे ज़ुबान उसी दाँत पर जाती है, जो टूट चुका है। आपसे ऐसी गलती न हो उसके लिए हर दिन निरंतरता से ध्यान, सत्य साहित्य पठन, ईश्वर से प्रार्थना करके अपने अंतर्मन तक यह बात पहुँचाएँ कि मैं खुद की मदद कर सकता हूँ तो यह आपके लिए मदद हो जाएगी। फिर आप दूसरों से मदद पाने की अपेक्षा को समेटकर यह सोच

पाएँगे कि कब-कब आपको खुद की ज़रूरत ज़्यादा होती है।

जैसे सुबह नींद से उठते ही सोचें कि अभी आपको खुद से कौन सी मदद चाहिए। यदि आपको लगे कि मन परेशानीवाले विचार सोचने के बजाय गुनगुनाना शुरू करें तो खुद को बताएँ कि **'गुनगुनाने की वजह तुम खुद हो'** तो आप खुश रहकर दिनभर कार्य करते रहेंगे यानी खुद की मदद करते रहेंगे।

सोच सको तो सोच लो :

१. बचपन से लेकर आज तक कब-कब आपको यह महसूस हुआ कि लोग आपकी मदद नहीं करते?

_____

_____

२. लोगों से मदद न मिलने पर आपके मन में क्या-क्या विचार आए, मनन कर लिखें।

_____

_____

३. आज उन घटनाओं पर मनन करने के बाद क्या महसूस हो रहा है? क्या वाकई लोग मदद नहीं करते या आप ही खुद की मदद नहीं करते हैं, सच क्या है? मनन कर लिखें।

_____

_____

४. आज से ही आप ऐसा क्या करेंगे, जिससे भविष्य में आपको आपकी मदद मिलेगी, मनन कर लिखें।

_____

_____

_____

अध्याय १४

आदर के अहंकार को समेटें

स्व का आदर करें

इंसान चाहता है कि लोग उसका आदर करें, स्वागत करें। स्वागत यानी जिसमें लोग कहीं जाते हैं तो वहाँ उनकी आवभगत होती है, उनका स्वागत होता है तो उन्हें अच्छा लगता है। परंतु अपने अंदर झाँककर देखें कि यह स्वागत वास्तव में किसे अच्छा लगता है? भीतर के अहंकार को स्वागत अच्छा लगता है।

अगर कोई आप पर चिल्लाए, आपके सामने अपनी ही ज़िद चलाए तो आपको वह इंसान पसंद नहीं आता। जो आपकी बात मानते हैं, आपकी हाँ मे हाँ मिलाते हैं, ऐसे ही लोगों का आप अपने जीवन में स्वागत करते हैं। आप जाना भी उन्हीं जगहों पर पसंद करते हैं, जहाँ आपका स्वागत होता हो, फिर चाहे वह जगह आपके लिए गलत ही क्यों न हो। जहाँ आपका स्वागत नहीं होता, वह जगह आपके लिए कितनी भी अच्छी हो, अकसर आप वहाँ नहीं जाना चाहते।

चार मित्र स्वागत करते हैं, आवभगत करते हैं तो लोग उनके साथ ताश खेलने, व्यसन करने भी बैठ जाते हैं। यह सब अहंकार के कारण होता है। अहंकार चाहता है कि 'मेरा स्वागत हो, मुझे आदर मिले, सम्मान मिले।' दरअसल आपको स्वागत और

आदर, मान-सम्मान से ऊपर उठकर स्वादर यानी स्व का आदर करना सीखना है।

अहंकार को स्वादर का असली अर्थ मालूम नहीं है, स्वागत को ही वह स्वादर समझता है। 'हर कोई मेरा सम्मान करे', यही अहंकार चाहता है।

कुछ लोग स्वागत पाने की चाहत में इधर की बातें उधर करना, किसी की गोपनीय बातें लोगों को बताना, इस प्रकार के गलत काम करते हैं। कई लोग उनका स्वागत होता है इसलिए जुआ, शराब का अड्डा जैसी गलत जगहों पर जाते हैं। जहाँ दान-पुण्य, धर्म का काम चल रहा है, ऐसी जगहों पर वे केवल इसलिए नहीं जाते क्योंकि वहाँ उनका स्वागत नहीं होता है। कई लोग उनकी 'हाँ' में 'हाँ' मिलानेवाले लोगों का स्वागत करते हैं।

मगर ऐसा आदर स्वादर नहीं है। जो स्व का आदर करता है वह अपने अहंकार की बात कभी नहीं मानता। वह ऐसी जगहों पर जाने की गलती कभी नहीं करता, जहाँ स्वादर नहीं होता। वह कहता है, 'मुझे स्वयं से प्रेम है, मैं खुद को थोड़ी भी तकलीफ देना नहीं चाहता। मुझे किसी भी चीज़ से दुःखी होकर अपने आनंद, खुशी से दूर होने की आवश्यकता नहीं है।'

जो स्व आदर करता है, वह लोगों के स्वागत न करने पर दुःखी नहीं होता है। हालाँकि कोई स्वागत करता है तो इंसान को खुशी महसूस होती है मगर वह खुशी की भावना ज़्यादा समय टिकती नहीं।

जैसे, आप किसी रिश्तेदार के घर गए, तब वहाँ आपका स्वागत किया गया, परिवार के सदस्यों ने आपके पैर छूकर आपको प्रणाम किया। लेकिन वापस जब आप उस रिश्तेदार के घर गए, तब उन्होंने पैर छूकर आपको प्रणाम नहीं किया। ऐसे में आप दुःखी होकर स्वागत में, आदर में अटक जाते हैं। आप स्वयं का आदर करें, न कि स्वागत की चाहत में दुःख भोगें।

कई बार घर में शादी-ब्याह, पूजा जैसे विधि होते हैं। बहुत सारे कार्यों की वजह से लोगों की एकाध रिश्तेदार से ज़्यादा बातचीत नहीं हो पाती तो वह रिश्तेदार ज़िंदगीभर मुँह फुलाकर बैठता है कि फलाँ ने मुझसे बात ही नहीं की। ऐसा करके वह किसी और को नहीं बल्कि खुद को ही तकलीफ दे रहा होता है क्योंकि उसे स्वादर नहीं है। शादी हो जाने के बाद भी कई दिनों तक रूठने-मनाने का यह सिलसिला चलता रहता है। जब आप स्व का आदर करते हैं तब आपकी उपस्थिति लोगों की खुशियों को बढ़ाती

है। लोगों के द्वारा आपका स्वागत हुआ तो यह अच्छी बात है, उस स्वागत को वरदान बनाएँ। उससे चिपकाव न रखें कि ऐसा होना ही चाहिए।

जब आप ऐसी किसी भी चीज़ के साथ चिपकाव नहीं रखते तब आप बहुत शांति से, खुशी से जीवन जी पाते हैं। क्योंकि खो-खोकर भी आप कुछ खोनेवाले नहीं हैं। जो शांति, संतुष्टि, सुकून आपको मिलने जा रहा है, वही सबसे महत्वपूर्ण है। इसलिए आपको स्वागत से चिपकाव न रखते हुए स्वादर करना सीखना है, स्वादर को महत्त्व देना है, उसे आत्मसात करना है।

समझ है तो स्वागत हो या न हो, आदर मिले या अनादर आपने स्वादर करना सीखा है तो आप उसमें अटकेंगे नहीं।

सोच सको तो सोच लो :

१. मनन करें कि आज तक आप किन-किन घटनाओं में अपने स्वागत से चिपकाव होने की वजह से दुःखी हुए हैं?

_____

_____

_____

२. स्वागत की चाहत में आप ऐसी कौन सी गलतियाँ करते हैं, जिनकी वजह से आपको बाद में पछताना पड़ता है?

_____

_____

_____

३. आप कब-कब आदर में अटकते हैं, मनन कर लिखें।

_____

_____

_____

४. आप कब-कब स्वादर नहीं करते, मनन कर लिखें।

_____

_____

_____

अध्याय १५

छल-कपट को समेटें

अपनी मासूमियत को बरकरार रखें

मासूमियत एक अनमोल गहना है, जो बच्चों के पास होता है इसलिए वे सबको पसंद आते हैं। किंतु जैसे-जैसे बच्चा बड़ा होता जाता है, उसकी मासूमियत पर विचारों की परतें तैयार होती जाती हैं। फिर वह अपने असली स्वरूप को भूलने लगता है। उसके अंदर छल-कपट, चालाकी जैसे विचार आने लगते हैं। लोगों की अपेक्षाओं को पूरा करने के लिए छल-कपट का सहारा लेकर, इंसान बिना सोचे-समझे अपने असली स्वभाव से दूर होता जाता है, मासूमियत खोता जाता है। यह महँगा सौदा है। वह दिन-ब-दिन विचारों के बोझ तले दबता जाता है और कई बीमारियों को आमंत्रित कर लेता है। न वह खुश हो पाता है और संतुष्टि उससे कोसों दूर होती है। इसलिए यह ज़रूरी है कि हमारी मासूमियत बरकरार रहे।

बचपन से ही आपको चतुर बनने की सीख दी जाती है। इसके पीछे यह मान्यता होती है कि अगर चतुराई से व्यवहार नहीं करेंगे तो सब आपका फायदा उठाकर आपको नुकसान पहुँचाएँगे।

अपनी सांसारिक इच्छाओं को पूरा करने के लिए इंसान ऐसा बनते जाता है, जैसा वह बिलकुल नहीं है। वह इस बात से बेखबर होता है कि दुनियादारी के रंग में रंग जाने

से वह अपनी मासूमियत खो रहा है। इसे खोकर वह अगर सब कुछ पा भी लेता है तब भी उसे मन का खालीपन सदा खलता रहेगा।

छल-कपट जैसे दूषित विचारों से इंसान संसार में व्यवहार करता है, जिसका नतीजा ज़्यादातर गलत ही आता है। इसे यूँ समझें जैसे- कोई कैलक्युलेटर दो और दो मिलाकर पाँच बताता है तो उससे किसी भी छोटी-बड़ी संख्याओं का हिसाब गलत ही होगा। इसी तरह दूषित विचारभरे मन के सहारे अगर इंसान कोई कार्य कर भी लेता है तो उसका परिणाम भी नकारात्मक ही आएगा।

मासूमियत यानी आंतरिक पवित्रता, जो दूषित विचारों और भूतकाल की यादों से प्रभावित नहीं होती। यह ऐसी अवस्था है, जहाँ इंसान अपने आपको शरीर और मन न मानकर अपने असली स्वरूप पर होता है। बच्चे इसलिए मासूम होते हैं क्योंकि वे अपने असली स्वरूप में होते हैं। वे अपने आपको किसी का भाई, बहन, बेटा या बेटी करके नहीं जानते बल्कि अपने होने के अनुभव में रहते हैं। वे विचाररहित जीवन जीते हैं इसलिए इंसान हमेशा मासूमियत का संबंध बचपन से जोड़ता है। हालाँकि आज भी मासूमियत शब्द कहते ही आपके मन में असीम आनंद फैलानेवाली खिली-खुली मुस्कान और माधुर्य का अनुभव होगा। पर अपने दूषित विचारों की वजह से आप उसका पूर्ण आनंद उठा नहीं पाते।

इंसान के अंदर क्रोध, लोभ, लालच, वासना आदि विकार होते हैं, जिस वजह से उसकी मासूमियत खो जाती है। वह अगर इन विकारों को व्यक्त नहीं करता तो इसका अर्थ यह नहीं है कि वह मासूम है। बाहर से चाहे उसे मासूम कहा जा सकता है पर आंतरिक तौर पर नहीं। इसके विपरीत कोई अगर अपने विकार व्यक्त करता है लेकिन वे उसके अंदर की शुद्धता को छू नहीं रहे हैं तो यह स्पष्ट है कि वह मासूम बच्चे की तरह निष्पाप है।

जैसे- आपने देखा होगा कि जब बच्चे से उसका प्यारा खिलौना छीन लिया जाता है तब वह चीखता-चिल्लाता है, गुस्सा करता है। फिर भी आप उसे स्वार्थी नहीं कहते क्योंकि उसके अंदर अब तक किसी दूषित विचार ने प्रवेश नहीं किया है। बच्चे खिलौने के साथ थोड़ी देर खेलते हैं, बाद में उनकी तरफ देखते भी नहीं हैं। वे उनके साथ द्वेष, नफरत, ईर्ष्या जैसे विचार लेकर नहीं घूमते क्योंकि उनके अंदर मासूमियत है, जो सुंदर, शुद्ध, पवित्र है।

बचपन में यह अवस्था प्राकृतिक होती है मगर ऐसा नहीं है कि बड़े होने के बाद

फिर से वह अवस्था पाई नहीं जा सकती है। मासूमियत को वापस लाने के लिए ध्यान एक कारगर मार्ग साबित हो सकता है। जब इंसान ध्यान में जाने का अभ्यास करने लगता है तब धीरे-धीरे वह अपने अंदर के लोभ-लालच, अहंकार आदि जैसे विकारों के प्रति सजग होने लगता है। इस जागृति की वजह से वह अपने नकारात्मक विचारों को छोड़ने के लिए तैयार हो जाता है। इस तरह इंसान गहरे ध्यान में बचपन की तरह निर्विचार अवस्था प्राप्त कर अपने अनुभव पर लौटता है। ध्यान की सहज-सुंदर तकनीक द्वारा वह फिर से मासूम बन सकता है, न सिर्फ कुछ पलों के लिए बल्कि पूरे जीवनभर के लिए।

आपने एक छोटे बच्चे को कभी न कभी सोते हुए अवश्य देखा होगा। सोते हुए बच्चे को देख आपके मुख से अनायास ही निकलता है, 'बच्चा सोता हुआ कितना मासूम लगता है।' किंतु आपने यह भी देखा होगा कि बच्चा नींद से उठने के बाद भी अपनी मासूमियत नहीं खोता। इसी तरह इंसान के लिए भी यह संभव है कि वह जागृत होने के साथ-साथ, संसार की सभी बुराइयों से अनजान बना रहे यानी जागृत भी रहे और मासूमियत को भी न छोड़े।

बच्चों की आँखों में मासूमियत दिखाई देती है लेकिन उसमें ज्ञान नहीं होता। जबकि बड़े होने पर ध्यान करके, अपने आपको जानकर, इंसान गहरे ज्ञान के साथ मासूमियत फिर से पा सकता है। इंसान ध्यान में बच्चे की तरह अपने आपको शरीर और मन से अलग देख पाता है इसीलिए वह उस वक्त मासूम होता है। लेकिन ध्यान से बाहर आने के बाद वह फिर दुनियादारी में उलझ जाता है और ध्यान में मिले अनुभव को भूल जाता है।

आज आप असंतोष के भाव से घिरे हैं क्योंकि आप अपनी मासूमियत से दूर हो गए हैं। जब आप अपने हृदय में असंतुष्टि महसूस करते हैं, तब उसे दूर करने के लिए यहाँ-वहाँ हाथ मारते रहते हैं। ठीक उस तरह जिस तरह अचानक बिजली चले जाने पर अंधेरे को दूर करने के लिए आप घर में यहाँ-वहाँ हाथ मारकर मोमबत्ती की तलाश करते हैं।

इसके लिए आपको ध्यान में जाकर अपने असली स्वरूप, अपनी मासूमियत की खोज करनी होगी। इसके बाद ही मासूमियत को बरकरार रख पाएँगे। आपके जीवन में खुशी और आनंद सदैव रहेगा और आप संतुष्टिभरा जीवन जी पाएँगे। हरेक के अंदर बचपन की मासूमियत बरकरार है, ज़रूरत है सिर्फ छल-कपट के मुखौटे को उतारने की।

इंसान जब छल-कपट करता है तो कभी न कभी उसका भुगतान उसे करना ही

पड़ता है। इसलिए उसे अपने मन में उत्पन्न होनेवाली अनावश्यक इच्छाओं के प्रति सजग रहकर उन्हें दूर करना होगा। मनन के ज़रिए यह देखना होगा कि सुबह से लेकर रात तक उसकी बातों से क्या झलकता है, मासूमियत या चतुराई? उसे घटनाओं में देखना होगा कि कैसे जब उसे सामनेवाले से कुछ पाने की चाहत होती है तो वह उनसे अच्छी तरह से सोच-समझकर एक मुखौटा पहनकर बात करता है और अपनी चाहत सामनेवाले से पूरी करवाता है। अपनी रोज़मर्रा की बातों पर गौर करने से इंसान को पता चलेगा कि उसके व्यवहार में छल-कपट ज़्यादा है या मासूमियत।

इंसान को मनन करने के बाद यह एहसास होता है कि उसकी मासूमियत खो चुकी है तब उसे पछतावा होता है। अत: भविष्य में होनेवाले पछतावे से बचने के लिए उसे आज से ही यह सोच-विचार करना चाहिए।

इंसान को संसार के छल-कपट से दूर मासूमियत का आनंद लेने के लिए बिना छल-कपट के कार्य और वार्तालाप करने का निश्चय करना होगा। कपटमुक्त जीवन से ही इंसान पुन: बचपन के आनंद को प्राप्त कर पाएगा और मासूमियतभरा जीवन जी पाएगा।

अब समय आया है, छल-कपट से फैली नकारात्मकता को वापस समेटने का, उससे मुक्त होने का।

सोच सको तो सोच लो :

१. अपने जीवन की कुछ घटनाएँ याद करें, जिनमें आपको अपनी मासूमियत महसूस हुई थी।

   अ. _____

   ब. _____

   क. _____

   ड. _____

२. अब कुछ ऐसी घटनाएँ याद करें, जिनमें आपने छल-कपट का सहारा लिया था।

    अ. _____

    ब. _____

    क. _____

    ड. _____

४. मनन कर लिखें कि बचपन से लेकर बड़े होने तक कब आपने अपनी मासूमियत कम कर दी?

_____

_____

_____

५. अपनी मासूमियत को बरकरार रखने के लिए आप कौन से कदम उठाएँगे?

    अ. _____

    ब. _____

    क. _____

    ड. _____

६. खोई हुई मासूमियत को फिर से प्राप्त करने के बाद आपका जीवन कैसा होगा, मनन कर लिखें।

_____

_____

_____

अध्याय १६

कंजूसी को समेटें
बीज बोने का मौका पहचानें

बचपन से लेकर आज तक आपने कभी न कभी किसी बीज को ज़मीन में बोया ही होगा, उसके उगने का आनंद भी लिया होगा। कुदरत के काम करने का तरीका यही होता है कि जब बीज ज़मीन में बोया जाता है तो कुदरत उसे उगाकर, बढ़ा देती है। बिना बीज डाले कुदरत काम नहीं करती। बोए हुए बीज को कई गुना बढ़ाने के लिए कुदरत तो जैसे इंतज़ार करती है। कुदरत को अपना काम करने देने के लिए आपको मुक्त हस्त बीज बोने हैं जैसे ज़रूरतमंद को आर्थिक मदद करना... किसी की समस्या सुलझाने में मदद करना... किसी की नौकरी लगवाना... किसी को सुनना...। ऐसे बीज डालने में कंजूसी न करें।

अदृश्य में होता है कुदरत का काम

बीज जब बोया जाता है तब ज़मीन के अंदर उसके साथ क्या हो रहा है, यह किसी को दिखाई नहीं देता। मगर जब पौधा उगने के सबूत मिलते हैं, तब कुदरत के काम का वास्तविक दर्शन आपको होता है। जिस तरह पेड़, पौधों के बीज कई प्रकार के होते हैं, उसी तरह आपको जो बीज बोने हैं, उनके भी अनेक प्रकार होते हैं। जैसे, किसी की सच्चे

दिल से तारीफ करना, किसी को आर्थिक मदद करना, श्रम, सेवा, सलाह देना, किसी को सांत्वना देना, किसी के लिए प्रार्थना करना ये सब बीज ही तो हैं! उनका अदृश्य में होनेवाला रूपांतरण दिखाई न देने की वजह से आप उससे अनभिज्ञ होते हैं। मगर जैसे ही कुदरत के काम करने का तरीका आपको पता चलता है कि कुदरत डाले गए बीज को कई गुना बढ़ाती है, आप सही बीज डालना शुरू करते हैं और बीज बोने की कंजूसी से मुक्त होते हैं।

कंजूसी का नकारात्मक असर

एक कंजूस इंसान अपनी कंजूसी में बहुत खुश रहता है क्योंकि उसे 'मैंने कुछ बचाया' इतना ही दिखाई देता है। कंजूसी का उसके जीवन पर होनेवाला नकारात्मक असर जब उसे साफ-साफ दिखाई देगा तब वह कंजूसी से मुक्त होगा। इसे एक चुटकुले से समझें। जब एक जहाज़ डूब रहा था, तब उसमें बैठा हुआ एक इंसान इसलिए खुश हो रहा था क्योंकि उसने रिटर्न टिकट नहीं निकाली थी यानी उसके पैसे बच गए थे। अपना डूबना उसे दिखाई नहीं दे रहा था।

यदि परिवार का कोई सदस्य बहुत कंजूस है तो उसका नकारात्मक असर परिवार के सभी सदस्यों पर होता है। उसकी कंजूसी की वजह से परिवार के सदस्यों को बहुत सी परेशानियों का सामना करना पड़ता है। नतीजन परिवार की सुख-शांति खो जाती है। कंजूस को अगर यह दिखने लग जाए तो वह कंजूसी से मुक्त हो जाएगा।

कंजूस की कंजूसी का प्रभाव

इंसान कंजूसी करता है तो उसका प्रभाव खुद उस पर तो होता ही है अपितु उसके आसपास के लोगों पर भी होता है। उसकी बातों में आकर वे लोग भी कंजूसी करने लगते हैं और गलत तरीके से निमित्त बनने लगते हैं। इसे एक चुटकुले से समझें।

एक कंजूस इंसान ने किसी अमीर आदमी को अपना रक्त दान किया। जब अमीर आदमी ठीक हो गया तो उसने कंजूस इंसान को इनाम के तौर पर एक कार दी। इनाम में कार पाकर कंजूस बहुत खुश हो गया।

अगली बार उसी अमीर आदमी को फिर से रक्त की ज़रूरत पड़ी। 'इस बार बहुत बड़ा इनाम मिलेगा' यह सोचकर कंजूस ने बड़ी खुशी से रक्त दिया। जब अमीर आदमी ठीक हो गया, तब उसने कंजूस को इनाम में लड्डू दिए। अब नाराज़ होकर कंजूस ने उससे कहा कि 'मुझे तो लगा कि

इस बार आपसे कुछ भारी भरकम इनाम मिलेगा मगर आपने तो मेरे हाथ में ये लड्डू थमा दिए।' इस पर अमीर आदमी ने तुरंत जवाब देते हुए कहा, 'आखिर मेरी रगों में भी एक कंजूस का खून दौड़ रहा है।'

इस प्रकार आपने समझा कि कंजूस के संपर्क में आनेवाले लोगों के विचार भी उसके जैसे ही बनने लगते हैं।

संसार में यह गलतफहमी फैली है कि 'देने से चला जाता है, लेने से मिल जाता है।' किसी को कुछ दिया तो मेरे पास जो है, वह चला जाएगा, यह सोचकर इंसान किसी को कुछ देने के, बीज डालने के नए प्रयोग करता ही नहीं।

प्रार्थना भी बीज ही है

एक किसान अगर खेत में बोने हेतु लिए गए बीजों में से कुछ बीज ज़मीन में डाले बिना उन्हें वापस लेकर आए तो उसे यही कहा जाएगा कि 'इस तरह की बचत करके तुमने कुदरत को काम करने का मौका ही नहीं दिया।' क्योंकि कुदरत बोए हुए बीज पर ही काम करती है। बीज बोने के पीछे जो आपके भाव हैं, उस अनुसार कुदरत कार्य करती है।

कुछ लोग परिस्थितिवश बीज डालते हैं यानी ज़रूरत पड़ने पर उनसे कोई पैसे या कुछ चीज़ें माँगता है तो मदद के तौर पर वे उसे दे देते हैं। इस प्रकार वे अनजाने में बीज डालते हैं। मगर कुछ लोग सजग रहकर बीज डालते हैं। ऐसे सजग लोग अपने तथा दूसरों के विकास के लिए और विश्व में चल रही समस्याएँ सुलझाने के लिए ईश्वर, कुदरत तथा गुरु से प्रार्थना करते हैं। प्रार्थना रूपी बीज डालकर वे कुदरत को काम करने का मौका देते हैं। इस प्रकार कोई छोटे से छोटा बीज भी क्यों न हो, वह भी बड़ा चमत्कार कर सकता है।

आनंद भाव से बीज डालें

जब आप कोई भी बीज डालते हैं तब उसके पीछे आपकी भावना क्या थी, यह देखना आवश्यक है। क्योंकि जिस भावना से आप बीज डालते हैं, वह भावना ही फल लाती है। बीज डालते वक्त यदि आप मजबूरी की भावना से बीज डालेंगे तो उससे आपको संतुष्टि नहीं मिलेगी। इसलिए आनंद भाव से बीज डालने चाहिए। जैसे, आपने किसी भिखारी को कुछ दिया तो यह न सोचें कि 'भिखारी को जो दिया वह व्यर्थ चला गया।' यहाँ पर समझ यह हो कि 'मैंने भिखारी को भीख नहीं दी बल्कि कुदरत के काम

में योगदान दिया है।' आपका यह विश्वास ही बीज को अंकुरित होने में मदद करेगा। इसलिए आपको सही ज़मीन में, सही भावना और सही समझ के साथ बीज डालने हैं।

कुदरत चाहती है कि आप ज़्यादा से ज़्यादा बीज बोएँ और जल्दी बोएँ ताकि कुदरत उस पर कार्य करके, उसे हज़ार गुना बढ़ाकर आपको लौटा सके। इसलिए आपके पास जो भी बेस्ट चीज़ें हैं, जो आप लोगों के साथ बाँट सकते हैं, उन्हें अवश्य बाँटें। किसी के प्रति सकारात्मक विचार रखना भी बीज ही है।

आपको खुद के लिए भी अच्छे शब्द बोलने का बीज डालना है। जैसे, 'मैं तुम्हें पसंद करता हूँ... मैं तुमसे प्रेम करता हूँ... मैं तुम्हारा आदर करता हूँ...' आदि। अपने शरीर को भी धन्यवाद देने हैं क्योंकि उसके सहयोग से ही आप अपने दिनभर के कार्य सहजता से कर पाते हैं। अपना पृथ्वी लक्ष्य (पृथ्वी पर आने का उद्देश्य, स्व को जानने का उद्देश्य) पूर्ण कर पाते हैं। इसलिए खुद के लिए अच्छे शब्द बोलने में तथा अपने शरीर को धन्यवाद देने में कभी कंजूसी न करें, पूरे दिल से कहें क्योंकि ऐसा कहना ही आपका चौमुखी विकास करेगा। आप सुंदर तथा स्वस्थ जीवन जीने का अनुभव ले पाएँगे। दूसरों के लिए सही निमित्त बन पाएँगे। इस तरह आप अलग-अलग प्रकार के बीज बोने के लिए दरिया दिल बनें और कुदरत के चमत्कारों को आश्चर्य के साथ देखें।

सोच सको तो सोच लो :

१. आज तक आपने कब-कब और कौन-कौन सी बातों में कंजूसी की है?

_____

_____

_____

२. आगे कंजूसी की वजह से आपका और नुकसान न हो, उसके लिए आप आज से ही कौन से कदम उठाएँगे?

_____

_____

_____

३. क्या आपने कभी किसी को, किसी भी प्रकार की मदद की है? अगर हाँ तो किस प्रकार की मदद की है?

_____

_____

_____

४. आप कुदरत को कौन-कौन से रूप में बीज दे सकते हैं?

_____

_____

_____

५. प्रार्थना का बीज डालने से क्या-क्या हो सकता है?

_____

_____

_____

६. हर दिन मैं ये बीज बोनेवाला हूँ :-

    १.   ६.

    २.   ७.

    ३.   ८.

    ४.   ९.

    ५.   १०.

अध्याय १७

अपनी कल्पनाओं, कथाओं को समेट लें
'जागृति' का महत्त्व

एक गाँव में अजय नाम का इंसान रहता था। उसे जो भी नकारात्मक सपने आते थे, खास कर वे पूरे होते थे। जैसे किसी की शादी होनेवाली है, इसका पता चलते ही उसे सपना आता था कि उस बारात को डाकू लूटनेवाले हैं।

कोई अपने नए घर की पूजा के लिए बुलाता था तो उसे सपना आता था कि पूजा के दिन उस घर में आग लगनेवाली है, इत्यादि।

जब अजय की बताई हुई बातें सच निकलीं, तब लोगों ने उसकी पिटाई की और उसे गाँव से भगा दिया। क्योंकि उन्हें लगा कि ऐसी काली जुबानवाला इंसान गाँव में रहा तो उन पर मुसीबतें आती रहेंगी।

जब अजय गाँव से दूसरे राज्य में गया, तब वहाँ उसे राजा विजयसिंह के राजवाड़े में रात को पहरा देने की नौकरी मिली। वहाँ कुछ दिनों के बाद उसे सपना आया कि 'राजा कल सोनपुर गाँव में जानेवाला है और वहाँ पर भूकंप होनेवाला है।'

दूसरे दिन सुबह राजा को सोनपुर जाते हुए देखकर अजय ने उसे रोकते हुए बताया कि 'आप सोनपुर जा रहे हैं, वहाँ भूकंप होनेवाला है और सब लोग मरनेवाले हैं। मैंने रात को ऐसा सपना देखा है और मेरे सपने सच निकलते हैं।'

अब राजा अजय की बात मानकर रुक गया और वाकई उस दिन सोनपुर में भूकंप आया। इसके बाद राजा ने अजय को अपने पास बुलाया और अपनी जान बचाने के लिए उसे बहुत इनाम दिए मगर नौकरी से निकाल दिया।

रात को चौकीदारी करने का काम होने पर भी वह सोया और उसने सपना देखा। अजय के काम की **पहली शर्त जागृति** थी। राजा ने यही गलती जानकर अजय को नौकरी से निकाल दिया।

देखा जाए तो अजय को नौकरी से निकालने का कारण तुरंत आपकी समझ में नहीं आएगा मगर जब समझ में आएगा, तब आप कह पाएँगे कि 'अरे हाँ! वाकई अजय इस नौकरी के काबिल ही नहीं है क्योंकि उसकी नौकरी में वह जागृत नहीं रह पाया।'

अजय की कहानी समझकर अब स्वयं से पूछें कि आपके साथ हो रही घटनाओं में आप जागृत रहते हैं या नहीं? या उस वक्त आप वर्तमान को छोड़कर भूत-भविष्य में तथा अपनी कथाओं और कल्पनाओं में मशगूल रहते हैं?

कुछ लोग जागृति के बिना अपना काम करते हैं। कुछ लोग सिर्फ अपना काम करते रहते हैं, वह कैसा भी हो, उन्हें उससे कोई लेना-देना नहीं है। बचे हुए लोग अपना काम खुशी से, ईमानदारी से करते हैं, उसका कुछ लाभ उन्हें मिले या न मिले, इस बात पर ध्यान दिए बगैर वे अपना काम ईश्वर का काम समझकर करते हैं।

ये इशारे आपको जागृत कर पाएँगे। फिर चाहे आप नौकरी कर रहे हों या घर का काम कर रहे हों, उसमें जागृति पहली शर्त है।

जागृति खुद इनाम है, जो आपको सदा मिलती रहेगी और आप शांत, संतुष्ट जीवन जी पाएँगे। यह जागृति आपको वर्तमान में मिलती है। बस! वर्तमान में आपको अपनी गलतियों से सबक सीखकर, उन्हें फिर से न दोहराने की समझ और बल पाकर, आगे बढ़ना है। आपको इतना ही काम करना है।

सोच सको तो सोच लो :

१. किस तरह की कथाएँ (मन के अनुमान) ज़्यादातर आपके सामने आती हैं?

_____

_____

_____

२. कथाएँ सामने आते ही आप जागृति लाने के लिए कौन से कदम उठाएँगे?

_____

_____

_____

अध्याय १८

भाव बीज रहस्य सीख लें
अपने पार्सल को पहचानें

भाव, विचार, वाणी और क्रिया इन चार तरीकों से इंसान प्रतिसाद देता है। इस चौकोन में सबसे पहला कोना है भाव का। यह बहुत ही महत्वपूर्ण कोना है। यदि इस कोने को ठीक कर लिया जाए तो आपका जीवन बहुत सरल व सुंदर हो जाएगा। भावों के स्तर पर यदि कुदरत में सही बीज डाला जाए तो कुदरत उसका उच्चतम फल आपको प्रदान करती है। यह कैसे होता है, आइए इसे समझते हैं।

कुदरत में आपके द्वारा कब-कब कैसे बीज डाले जाते हैं, इसे नीचे दी गई चार घटनाओं द्वारा समझें।

घटना १ :

मान लें, आपके एक जान-पहचान के इंसान ने आपको पत्थर मारा, जिससे आपको थोड़ी चोट लग गई। आपने उस इंसान को पत्थर फेंकते हुए देख भी लिया। अब इस घटना में आपके अंदर कौन से भाव बीज जागेंगे यानी उस इंसान के प्रति आपके अंदर कौन से विचार उठेंगे? पुस्तक बाजू में रखकर एक क्षण मनन करें।

घटना २ :

दूसरी घटना में एक अनजान इंसान आपको पत्थर मारता है, आप उसे भी देख लेते हैं, उस वक्त आपके विचार कैसे होंगे? (दोनों घटनाओं में भाव और विचारों में क्या फर्क होगा? यह मनन करें)

घटना ३ :

एक पक्षी ज़मीन से कचरे का थैला लेकर उड़ता है। उस कचरे में से एक पत्थर थैले से छूटकर आपके सिर पर आकर लगता है, उस वक्त आपके भाव बीज कैसे होंगे? मनन करें।

घटना ४ :

आप रास्ते से जा रहे हैं और तेज हवा के कारण आपको पत्थर कण ज़ोर से आकर लगता है।

अब सोचकर देखें कि इन चारों घटनाओं में से आपको किस घटना में ज़्यादा तकलीफ होगी और किसमें कम होगी? हालाँकि चारों घटनाओं में पत्थर लगने की एक ही क्रिया हुई पर आप गौर करेंगे तो पता चलेगा कि हर घटना में आपके भाव अलग-अलग होंगे। आपके ये भाव कुदरत के लिए कैसे बीज का काम करते हैं, आइए समझते हैं।

जब आप किसी को अपना खेत बेचते हैं तब क्या उसमें बीज डालकर बेचते हैं? नहीं। आप खेत खरीदनेवाले से कहते हैं, 'अब यह खेत तुम्हारा है। इसमें जो बीज तुम बोना चाहते हो, बो सकते हो।'

ठीक इसी तरह कुदरत ने भी आपको बिना बीज का खेत दिया है। यदि उसने खेत बीज डालकर दिया होता तो आप कहते कि 'मेरे लिए चुनाव का रास्ता ही नहीं बचा, यही फसल आनी थी।' परंतु आपको कुदरत ने यह आज़ादी दी है कि उस खेत में आप अपनी मर्जी से बीज बो सकें।

यह खेत बाहरी खेत की तरह नहीं है। बाहरी खेत में आप सिर्फ वनस्पति उगा सकते हैं मगर इस खेत में आप जो चाहे वह उगा सकते हैं। जैसे– पैसे, रिश्ते, कला, कोई हुनर, स्वास्थ्य आदि।

यदि आपसे पूछा जाए कि 'कुदरत के इस खेत में आपने कोई बीज नहीं डाला

तो क्या होगा?' तो आप कहेंगे, 'कुछ नहीं होगा, खेत ऐसे ही पड़ा रहेगा। फायदा भी नहीं होगा और नुकसान भी नहीं।' परंतु यह जवाब सही नहीं है। बाहरी खेत में आपने कुछ भी नहीं बोया तो भी आप देखते हैं कि खुद-ब-खुद ज़हरीली घास, काँटे उग आते हैं, साँप-बिच्छू घूमते हैं। कुछ नहीं करके भी ऐसी चीज़ें उग आती हैं तो अच्छा है कि आप उसमें बीज डालते रहें, फसल काटते रहें।

कुदरत की दी हुई जादुई ज़मीन पर भी यदि आप कुछ नहीं बोएँगे तो नकारात्मक विचार रूपी काँटे उगते ही रहेंगे। इससे अच्छा है कि मिली हुई जादुई ज़मीन का उपयोग आप सकारात्मक भाव बीज बोने के लिए करते रहें।

अज्ञान और बेहोशी की वजह से इंसान इस जादुई ज़मीन में नकारात्मक बीज डालता रहता है। ये बीज- भाव, विचार, वाणी और क्रिया के ज़रिए डाले जाते हैं। परंतु सबसे ज़्यादा असर जिस बीज का होता है वह है भावों द्वारा डाले गए बीज का। इसे भाव बीज भी कहा जा सकता है।

अब उस पत्थरवाली घटना के बारे में सोचें कि चारों घटनाओं में से कौन सी घटना में सबसे ज़्यादा नकारात्मक भाव बीज डाले जाएँगे? जाहिर है कि पहली घटना में जहाँ पत्थर मारनेवाला पहचान का या नज़दीक का है वहाँ आपमें सबसे ज़्यादा नफरत के भाव उठेंगे। अगर उसने माफी भी नहीं माँगी तो और ज़्यादा दुःख होगा। ये दुःख व नफरत के भाव आप कुदरत को बीज के रूप में देते हैं।

यदि आपको ऐसे बीज नहीं डालने हैं तो आपको सदा सकारात्मक भाव में रहने का प्रयास करना होगा। यह मुश्किल नहीं है यदि सही समझ आपके साथ हो।

अपने भाव बीज को सदा सकारात्मक रखने के लिए स्वयं में इस समझ को धारण कर लें कि **आपके जीवन में जो भी हो रहा है वह कुदरत द्वारा भेजा जा रहा है। कोई इंसान इसके लिए दोषी नहीं है। सब कुदरत का पार्सल है।**

पत्थरवाली चार घटनाओं में भी हमें यही सीखना है कि किसी के भी द्वारा पत्थर लगा हो, वह आपका ही पार्सल है और कुदरत से ही आया है। हालाँकि देखने में लगता है कि पत्थर अलग-अलग जगहों से आया है मगर हकीकत इसके ठीक विपरीत होती है। कुदरत इंसान को सिखाने के लिए अलग-अलग माध्यमों का इस्तेमाल करती है।

पार्सल चाहे सकारात्मक हो या नकारात्मक, उसे लेते वक्त यह समझ रखें कि यह हमारा ही पार्सल है। कुदरत ने उस इंसान के द्वारा हम तक पहुँचाया है। वह इंसान

तो सिर्फ आप तक पार्सल पहुँचाने के लिए निमित्त मात्र है। क्योंकि यह समझ न होने की वजह से इंसान पार्सल देनेवाले को दोषी ठहराकर दोषारोपण करता है। इस वजह से उसके भाव बीज गलत हो जाते हैं और नए नकारात्मक पार्सल आगे के जीवन में मिलने की संभावना बढ़ जाती है। इसलिए पार्सल लेते वक्त सजग रहना अति आवश्यक है। उस पार्सल को हमें खुशी से लेना है, न कि दु:खी या नाराज़ होकर लेना है। क्योंकि घटना होने पर प्रतिक्रिया रूप में उभरे हमारे भाव ही यह तय करेंगे कि हमारा आगे का जीवन कैसे होगा।

अत: कोई दोषी नहीं है। जो भी है, वह कुदरत का दिया हुआ पार्सल है इसलिए कुदरत में हमेशा सकारात्मक भाव बीज डालें। इसी से सभी के जीवन में आनंद बढ़ेगा।

सोच सको तो सोच लो :

१. आज तक आपने कुदरत द्वारा मिले हुए खेत में कौन से भाव बीज डाले हैं, मनन कर लिखें।

२. आगे आप सजगता के साथ कौन से भाव बीज डालेंगे?

३. मिली हुई समझ के साथ अब आप कुदरत द्वारा भेजे गए पार्सल को किस दृष्टिकोण से देखेंगे?

अध्याय १९

संघर्ष समेटकर मुक्ति पाएँ

अस्ति और प्राप्ति

आज तक हमने कई प्रकार की पौराणिक कहानियाँ सुनी या पढ़ी हैं। इन कहानियों द्वारा हमें इंसानी जीवन के अनेक पहलुओं के बारे में पता चलता है। कहानियों के पात्रों के नाम भी उनके काम के प्रति कुछ अर्थ दर्शाते हैं। नामों के साथ कुछ आश्चर्य तथा संकेत होते हैं मगर लोग समझ नहीं पाते कि कहानियों के पात्रों के ऐसे नाम चुनने का सही कारण क्या होगा। कहानियों में पात्रों के अलग-अलग नामों के साथ लोगों को सकारात्मक और नकारात्मक पात्रों के प्रति इशारा किया जाता है ताकि लोगों को कहानी का अर्थ समझ में आए। साथ ही पात्रों के नाम याद रहने में उन्हें आसानी भी हो।

महाभारत का एक ऐसा ही पात्र है, जिसका नाम है जरासंध। जरासंध के दो रूप थे, एक काला और एक सफेद। एक अच्छा रूप जिसे देखकर इंसान की दान-दक्षिणा करने की चाहत जगती है और एक बुरा रूप, जो इंसान के अंदर नफरत जगाता है।

जरासंध आतंक फैलानेवाला एक राक्षस था। जिसका शरीर जन्म के समय दो हिस्सों में बँटा हुआ था। जिसे जरा नामक राक्षसी ने जोड़ दिया था। जरासंध राक्षस की

दो बेटियाँ थीं, जिनका नाम अस्ति और प्राप्ति था। इन नामों का भी अर्थ है, जिसके ज़रिए हमें कुछ बातें समझनी हैं।

'अस्ति' का मतलब है– जो आपके पास उपलब्ध है और 'प्राप्ति' का मतलब है– जो आप पाना चाहते हैं। इंसान के साथ कुछ ऐसा ही है। जो प्राप्त कर चुका है उसका विचार छोड़कर, वह ऐसी चीज़ों के पीछे भागता है, जो उसके पास नहीं हैं। इस तरह प्राप्त और प्राप्ति के बीच में वह अपना जीवन व्यर्थ गँवाता रहता है।

इंसान क्या कुछ हासिल नहीं करना चाहता। उसे एक चीज़ मिली नहीं कि उसका मन किसी दूसरी चीज़ को प्राप्त करने के लिए दौड़ता है। जब तक वह चीज़ उसे मिलती नहीं, तब तक उसे चैन नहीं आता।

प्राप्ति का विचार आते ही इंसान अपना चैनो-आराम खोकर, वह चीज़ हासिल करने में जुट जाता है। जैसे ही वह चीज़ उसे मिल जाती है, वह उसके लिए 'अस्ति' हो जाती है यानी उसके जीवन में उस चीज़ का महत्त्व कम हो जाता है।

फिर इंसान के मन में नई इच्छा जगती है और वह उस दूसरी चीज़ को प्राप्त करने के चक्कर में फिर से अपने मन की शांति खो बैठता है। यही अस्ति-प्राप्ति का चक्र जीवनभर इंसान को सताता है।

आपने लोगों को कहते हुए सुना होगा कि 'पिछले साल की दिवाली अच्छी थी लेकिन इस साल की दिवाली में कुछ मज़ा नहीं आया।' कोई कहता है, 'पिछले साल मेरे व्यवसाय में बरकत थी मगर इस साल तो मंदी ने घेर लिया है। बहुत तंगी महसूस हो रही है। पता नहीं, इससे कब छुटकारा मिलेगा।'

मन सदा भूतकाल की अस्ति और भविष्यकाल की प्राप्ति में वर्तमान के सुख की बली चढ़ा देता है। आपने यह महसूस किया होगा कि किसी वक्त आप बहुत खुले-खुले होते हैं... खुशी-खुशी अपना काम कर रहे होते हैं। अचानक आपके मन में एकाधा अनचाहा विचार आ जाता है तो आप सिकुड़कर कहने लगते हैं कि 'मैं आज बहुत परेशान हूँ... कुछ भी काम करने का मेरा मूड ही नहीं है...।' ऐसे समय आपको तुरंत सजग होना है कि 'मेरे मन में जरासंध आया है और साथ में अपनी बेटियों को भी लाया है।' उस वक्त आप अपने हृदय स्थान से हट रहे हैं और अस्ति-प्राप्ति के विचारों में विचलित हो रहे हैं।

ऐसी अवस्था में आपको अपने अंदर के विवेक को जागृत करके, कुछ प्रार्थना

तथा मनन के द्वारा अपने हृदय स्थान पर लौटना है। आपको अस्ति और प्राप्ति के बीच में हृदय को लाना है ताकि आपके जीवन का संघर्ष, परेशानी मिट जाए। आप ऐसा तब कर पाएँगे, जब आप यह पहचान कर पाएँगे कि 'कौन से विचार मुझे हृदय से हटाते हैं और कौन से हृदय के नज़दीक लेकर जाते हैं? इन्हें कैसे पहचानना है, इसे एक उदाहरण से समझें।

मूर्तिकार पत्थर में मौजूद अतिरिक्त भाग निकाल देगा तब मूर्ति प्रकट हो जाती है। यदि वह पत्थर से बुद्ध की मूर्ति बनाएगा तो पत्थर में जो बुद्ध नहीं है, उस हिस्से को निकाल देगा तो बुद्ध अपने आप प्रकट हो जाएगा। उसी प्रकार आपको अपने अंदर जो अतिरिक्त पत्थर (अनचाहे विचार, इच्छाएँ, सिकुड़न) हैं, उन्हें निकाल देना है तो आनंद रूपी मूर्ति खुद-ब-खुद प्रकट हो जाएगी।

आपको केवल अस्ति-प्राप्ति के बीच में मूर्ति को देखना है यानी वर्तमान में रहना है। अगर आप सिर्फ पत्थर पर नज़र रखेंगे तो आपके जीवन का खेल बिगड़ जाएगा। पत्थर तो तब ही मिटेगा, जब आपका ध्यान वर्तमान पर होगा। आपके जीवन में चल रही अस्ति और प्राप्ति को आपको सीधे मारना नहीं है बल्कि उनसे होनेवाली परेशानी, सिकुड़न को मारना है। ऐसा करने से अस्ति और प्राप्ति की ताकत स्वयं समाप्त हो जाएगी।

जो परेशानी, सिकुड़न आप आज महसूस कर रहे हैं, वह यही दर्शाता है कि अभी आपकी इच्छाओं के पत्थर सक्रिय हैं। जब ये पत्थर निष्क्रिय होते हैं तब आनंद रूपी मूर्ति सक्रिय हो जाती है। फिर आप इच्छा रूपी पसारे के विलीन होने का अनुभव कर पाते हैं। यही है इच्छाओं को समेटने का तरीका।

सोच सको तो सोच लो :

१. अपने जीवन की अस्ति-प्राप्ति का पूर्ण रूप से दर्शन करें। इनकी वजह से आप अपने अंदर कितनी सिकुड़न और परेशानी महसूस कर रहे हैं? मनन कर लिखें।

_____

_____

_____

अध्याय २०

अपनी गलत आदतों और वृत्तियों को समेट लें

पृथ्वी पर अपने सबक सीख लें

कभी-कभी कुछ लोग अपने विचित्र व्यवहार तथा बरताव से बाकी लोगों की नज़र में मज़ाक बनकर रह जाते हैं। कभी वे कुछ अलग ढंग के कपड़े पहनते हैं तो कभी कुछ मज़ाकिया केश रचना करते हैं, कभी अलग-अलग रंगों से अपने बालों को रंग देते हैं तो कभी कानों को कई सारे छेद देकर उनमें छोटी-छोटी कई सारी बालियाँ पहनते हैं। ये लोग अपने ही रंग-रूप तथा झूठे व्यक्तित्व को सराहने में जुटे रहते हैं।

आप उस इंसान को क्या कहेंगे, जिसने इस्त्री की हुई ड्रेस पहनी है और पूरा दिन यही देखता रहा कि कहीं मेरे कपड़ों की इस्त्री खराब तो नहीं हुई?

दरअसल यह इंसान अपनी वृत्तियों में पूरी तरह से फँसा हुआ है। वह सुबह से इस्त्री के कपड़े पहनकर, इत्र लगाकर, बन-ठनकर बैठा रहा। उस दिन उसके घर में मेहमान आए तो वह मेहमानों के सामने बुत जैसा बैठा रहा कि 'कहीं मेरे कपड़ों की इस्त्री खराब न हो जाए।' मेहमान उसका व्यवहार देखकर हैरान रह गए क्योंकि वे खास समय निकालकर उससे और उसके परिवारवालों से मिलने आए थे कि 'आपस में कुछ बातचीत हो जाए, बहुत दिनों से मुलाकात नहीं हुई है तो ज़रा घुल-मिल लें, साथ-साथ

कुछ खान-पान करते हैं, घूमने-फिरने जाते हैं, रोज़मर्रा की ज़िंदगी में थोड़ी चैन की साँस लेते हैं।' मगर उस इंसान के व्यवहार से मेहमान बहुत नाराज़ होकर चले जाते हैं।

शाम को जब उसके बच्चे बगीचे में लेकर जाने की ज़िद करते हैं तो वह बड़ी नाखुशी से उन्हें बगीचे में लेकर जाता है। वहाँ पर भी अपने कपड़ों को सँभालने में व्यस्त हो जाता है कि 'कहीं मेरे कपड़ों पर सिलवट तो नहीं पड़ी।'

यह तो छोटासा उदाहरण था। आप अपने आस-पास के लोगों को गौर से देखेंगे तो आपको लोगों की अनेक वृत्तियाँ नज़र आएँगी। आपके अंदर भी ऐसी कुछ वृत्तियाँ हैं तो मनन कर ढूँढ़ निकालें और उन्हें समेटते हुए अपने जीवन को खुशियों से महकने दें।

कुछ लोगों के अंदर क्रोध करने की वृत्ति होती है। उन्हें हर घटना में शांत रहकर सामनेवाले से प्रेम से व्यवहार करना चाहिए। कुछ लोगों में हड़बड़ी में काम करने की वृत्ति होती है, इस तरीके से किया गया काम उत्कृष्ट नहीं होता है। कुछ लोगों में लापरवाही, अहंकार जैसी वृत्तियाँ होती हैं। यदि उन्हें जीवन में कामयाबी हासिल करनी है तो सदा सजगता से पेश आना चाहिए।

कुछ लोग अपने अंदर के अहंकार को ही सराहते रहते हैं। दरअसल आपको अपने शरीर का, मिले हुए जीवन का उपयोग ईश्वर की सराहना के लिए करना था। आपको अपनी वृत्तियाँ, गलत आदतें, गलत संस्कार विलीन करने के लिए खुद पर कुछ काम करना था, दूसरों में गुण देखकर वे गुण अपने अंदर लाने का महत्वपूर्ण काम करना था। पृथ्वी पर आपको अपने सबक सीखने थे। जो लोग ये नहीं जानते वे पृथ्वी पर अपने सबक सीखने से महरूम रह जाते हैं। इस तरह जो करना ज़रूरी नहीं है वही करते हुए व्यर्थता में वे अपना पूरा जीवन गँवा देते हैं। जब मृत्यु का समय नज़दीक आता है तब उनकी आँखें खुलती हैं मगर तब सिर्फ यही कहा जा सकता है कि '**अब पछताए होत क्या, जब चिड़िया चुग गई खेत!!!**'

यदि आपका लक्ष्य यह है कि पृथ्वी पर मिली छोटी सी अवधि को व्यर्थ न गँवाते हुए, यहाँ अपने सबक सीखकर ही पार्टटू (मृत्यु उपरांत जीवन) में जाना है तो तुरंत अपनी गलत आदतों, वृत्तियों को समेट लें।

अपने अंदर की वृत्तियों को दूर करने के लिए इनकी जानकारी अपने शुभचिंतक, गुरु या जिसे आप अपना आदर्श मानते हैं उन्हें दें और उनसे मुक्त होने के लिए सलाह भी लें।

यह याद रखें कि जब भी आपकी अच्छाइयों की तारीफ हो रही हो और वृत्तियों की जानकारी दी जा रही हो, तब सबसे पहले अपनी वृत्तियों की जानकारी लेकर उन्हें दूर करने का प्रयास करें। तारीफ तो होती रहेगी, कभी भी तारीफ के चक्कर में अपनी वृत्तियों पर परदा न डालें।

यदि आप स्वयं को कपटमुक्तता व ईमानदारी से कहेंगे कि 'मैं अपनी वृत्तियों को मिटाना चाहता हूँ' और इस विचार को अपने मन में रोज़ दोहराते रहेंगे तो भी आप उनसे मुक्त हो सकते हैं।

अपनी गलत आदतों और वृत्तियों से मुक्त होने के लिए नीचे दिए गए कारगर तरीकों में से आप अपने लिए जो तरीका अपनाना चाहते हैं, उसका चुनाव कर कार्य शुरू कर दें।

नए प्रतिसाद के साथ भी वृत्तियों और गलत संस्कारों से मुक्त होना संभव है। जैसे दिन में पचास घटनाएँ होती हैं तो आपको गौर करना है कि 'क्या मैं उनमें से दो-चार घटनाओं में अपने हमेशा के पुराने प्रतिसाद से नया या अलग प्रतिसाद दे पाया हूँ?' इस तरह के छोटे-छोटे प्रयोग भी आपके पैटर्न्स (गलत आदतों) पर बड़ा प्रहार करते हैं और उनके टूटने की संभावना बढ़ जाती है।

यदि कोई ऐसी परिस्थिति सामने आती है, जिसमें किसी इंसान द्वारा कुछ नकारात्मक किया जा रहा हो तो आपको देखना है कि 'क्या उसके बावजूद भी मैं उसे नया प्रतिसाद दे पा रहा हूँ या नहीं?' ऐसे साधारण से प्रयोगों से सीखकर ही बड़े कार्य पूर्ण होते हैं। आपने सुना होगा कि यदि लगातार प्रहार किया जाए तो बड़ी से बड़ी चट्टान भी तोड़ी जा सकती है। आपको भी यही करना है, अपनी पुरानी से पुरानी वृत्तियों पर छोटे-छोटे प्रयोगों द्वारा प्रहार करते रहें।

यदि आपमें अपने अंदर की सारी वृत्तियों को विलीन करने की प्रबल इच्छा है तो उसके लिए कौन से गुणों को आत्मसात करना आवश्यक है, इस पर अवश्य सोचें। यही सोच आपके लिए गुणों की खदान खोदने का हथियार बनेगी और आप अपने अंदर की वृत्तियों से पूर्णतः मुक्त हो पाएँगे।

वृत्तियों को तोड़ने में प्रार्थना का भी सहारा लिया जा सकता है। जब आपकी प्रार्थनाएँ स्पष्ट और एक दिशा में होती हैं तो जीवन सहज, सरल, सुखद हो जाता है। वृत्तियों को तोड़ने के लिए भी अपनी प्रार्थनाएँ उसी दिशा में करते रहें।

सोच सको तो सोच लो :

१. मनन के द्वारा अपनी वृत्तियों और आदतों को प्रकाश में लाएँ।

_____

_____

_____

२. कहाँ-कहाँ पर आपकी वृत्तियाँ आप पर हावी होती हैं, याद कर लिखें ताकि वापस आपसे गलती न हो।

_____

_____

_____

३. अपनी गलत आदतों और वृत्तियों को समेटने के बाद आपका जीवन कैसा होगा, मनन कर लिखें।

_____

_____

_____

◆ ◆ ◆

यह पुस्तक पढ़ने के बाद आप अपना अभिप्राय (विचार सेवा) इस पते पर भेज सकते हैं ...
Tejgyan Global Foundation, Pimpri Colony Post office, P.O. Box 25, Pune - 411 017. Maharashtra (India).

परिशिष्ट

सरश्री अल्प परिचय

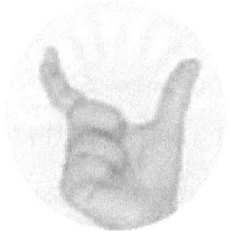

स्वीकार मुद्रा

सरश्री की आध्यात्मिक खोज का सफर उनके बचपन से प्रारंभ हो गया था। इस खोज के दौरान उन्होंने अनेक प्रकार की पुस्तकों का अध्ययन किया। अपने आध्यात्मिक अनुसंधान के दौरान उन्होंने लगभग सभी ध्यान पद्धतियों का भी अभ्यास किया। उनकी इसी खोज ने उन्हें कई वैचारिक और शैक्षणिक संस्थानों की ओर बढ़ाया। जीवन का रहस्य समझने के लिए उन्होंने **एक लंबी अवधि तक मनन करते हुए अपनी खोज जारी रखी, जिसके अंत में उन्हें आत्मबोध प्राप्त हुआ।** आत्मसाक्षात्कार के बाद उन्होंने जाना कि **अध्यात्म का हर मार्ग जिस कड़ी से जुड़ा है वह है– समझ (अंडरस्टैण्डिंग)।** उसके बाद उन्होंने अपने तत्कालीन अध्यापन कार्य को विराम लगाते हुए, लगभग दो दशकों से भी अधिक समय अपना समस्त जीवन मानवजाति के कल्याण और उसके आध्यात्मिक विकास हेतु अर्पण किया है।

सरश्री कहते हैं, 'सत्य के सभी मार्गों की शुरुआत अलग-अलग प्रकार से होती है लेकिन सभी के अंत में एक ही समझ प्राप्त होती है। **'समझ' ही सब कुछ है और यह 'समझ' अपने आपमें पूर्ण है।** आध्यात्मिक ज्ञान प्राप्ति के लिए इस 'समझ' का श्रवण ही पर्याप्त है।' इसी समझ को उजागर करने के लिए उन्होंने आज तक **तीन हज़ार से अधिक आध्यात्मिक विषयों पर प्रवचन दिए हैं,** जिनके द्वारा वे अध्यात्म की गहरी संकल्पनाएँ सीधे और व्यावहारिक रूप में समझाते हैं। समाज के हर स्तर का इंसान सरश्री द्वारा बताई जा रही समझ का लाभ ले सकता है।

यह समझ हरेक को अपने अनुभव से प्राप्त हो इसलिए सरश्री ने **'महाआसमानी परम ज्ञान शिविर'** और उसके लिए आवश्यक कार्यप्रणाली (सिस्टम) की रचना की है, **जिसका लाभ लाखों खोजी ले रहे हैं।** यह व्यवस्था आय.एस.ओ. (ISO 9001:2015) प्रमाणित है, जिसने अनेक लोगों को सत्य की राह पर चलने की प्रेरणा दी है। इसी समझ के प्रचार और प्रसार के लिए उन्होंने 'तेजज्ञान फाउण्डेशन' नामक आध्यात्मिक संस्था की नींव रखी है। इस संस्था का मुख्य उद्देश्य है- **'हॅपी थॉट्स द्वारा उच्चतम विकसित समाज का निर्माण'**।

विश्व का हर इंसान आज सरश्री के मार्गदर्शन का लाभ ले सकता है, जिसके लिए किसी भी धर्म, जाति, उपजाति, वर्ण, पंथ, रंग या लिंग का बंधन नहीं है। विश्व के हर कोने में बसे लोग आज तेजज्ञान की इस अनूठी ज्ञान प्रणाली (System for Wisdom) का लाभ ले रहे हैं। इस व्यवस्था के एक हिस्से के रूप में **लाखों लोग रोज़ सुबह और रात को ९ बजकर ९ मिनट पर विश्व शांति के लिए प्रार्थना करते हैं।**

सरश्री को **बेस्टसेलर पुस्तक 'विचार नियम' श्रृंखला के रचनाकार** के रूप में भी जाना जाता है, जिसकी **१ करोड़ से ज़्यादा प्रतियाँ केवल ५ सालों** में वितरित हो चुकी हैं। इसके अलावा उन्होंने विविध विषयों पर **१०० से अधिक पुस्तकों का लेखन** किया है, जिनमें से 'विचार नियम', 'स्वसंवाद का जादू', 'स्वयं का साम ना', 'स्वीकार का जादू', 'निःशब्द संवाद का जादू', 'संपूर्ण ध्यान' आदि पुस्तकें बेस्टसेलर बन चुकी हैं। ये पुस्तकें दस से अधिक भाषाओं में अनुवादित की जा चुकी हैं और प्रमुख प्रकाशकों द्वारा प्रकाशित की गई हैं, जैसे पेंगुइन बुक्स, जैको बुक्स, मंजुल पब्लिशिंग हाऊस, प्रभात प्रकाशन, राजपाल ऍण्ड सन्स, पेंटागॉन प्रेस, सकाळ प्रकाशन इत्यादि।

तेजज्ञान फाउण्डेशन – परिचय

तेजज्ञान फाउण्डेशन आत्मविकास से आत्मसाक्षात्कार प्राप्त करने का एक रास्ता है। इसके लिए सरश्री द्वारा एक अनूठी बोध पद्धति (System for Wisdom) का सृजन हुआ है। इस पद्धति को अन्तर्राष्ट्रीय मानक ISO 9001:2015 के आवश्यकताओं एवं निर्देशों के अनुरूप ढालकर सरल, व्यावहारिक एवं प्रभावी बनाया गया है।

इस संस्था की बोध पद्धति के विभिन्न पहलुओं (शिक्षण, निरीक्षण व गुणवत्ता) को स्वतंत्र गुणवत्ता परीक्षकों (Quality Auditors) द्वारा क्रमबद्ध तरीके से जाँचा गया। जिसके बाद इन पहलुओं को ISO 9001:2015 के अनुरूप पाकर, इस बोध पद्धति को प्रमाणित किया गया है।

फाउण्डेशन का लक्ष्य आपको नकारात्मक विचार से सकारात्मक विचार की ओर बढ़ाना है। सकारात्मक विचार से शुभ विचार यानी हॅपी थॉट्स (विधायक आनंदपूर्ण विचार) और शुभ विचार से निर्विचार की ओर बढ़ा जा सकता है। निर्विचार से ही आत्मसाक्षात्कार संभव है। शुभ विचार (Happy Thoughts) यानी यह विचार कि 'मैं हर विचार से मुक्त हो जाऊँ।' शुभ इच्छा यानी यह इच्छा कि 'मैं हर इच्छा से मुक्त हो जाऊँ।'

ज्ञान का अर्थ है सामान्य ज्ञान लेकिन तेजज्ञान यानी वह ज्ञान जो ज्ञान व अज्ञान के परे है। कई लोग सामान्य ज्ञान की जानकारी को ही ज्ञान समझ लेते हैं लेकिन असली ज्ञान और जानकारी में बहुत अंतर है। आज लोग सामान्य ज्ञान के जवाबों को ज़्यादा महत्त्व देते हैं। उदाहरण के तौर पर कर्म और भाग्य, योग और प्राणायाम, स्वर्ग और नर्क इत्यादि। आज के युग में सामान्य ज्ञान प्रदान करनेवाले लोग और शिक्षक कई मिल जाएँगे मगर इस ज्ञान को पाकर जीवन में कोई बड़ा परिवर्तन नहीं होता। यह ज्ञान या तो केवल बुद्धि विलास है या फिर अध्यात्म के नाम पर बुद्धि का व्यायाम है।

सभी समस्याओं का समाधान है- तेजज्ञान। भय से मुक्ति, चिंतारहित व क्रोध से आज़ाद जीवन है- तेजज्ञान। शारीरिक, मानसिक, सामाजिक, आर्थिक और आध्यात्मिक उन्नति के लिए है- तेजज्ञान। तेजज्ञान आपके अंदर है, आएँ और इसे पाएँ।

यदि आप ऐसा ज्ञान चाहते हैं, जो सामान्य ज्ञान के परे हो, जो हर समस्या का समाधान हो, जो सभी मान्यताओं से आपको मुक्त करे, जो आपको ईश्वर का साक्षात्कार कराए, जो आपको सत्य पर स्थापित करे तो समय आ गया है तेजज्ञान को जानने का। समय आ गया है शब्दोंवाले सामान्य ज्ञान से उठकर तेजज्ञान का अनुभव करने का।

अब तक अध्यात्म के अनेक मार्ग बताए गए हैं। जैसे जप, तप, मंत्र, तंत्र, कर्म, भाग्य, ध्यान, ज्ञान, योग और भक्ति आदि। इन मार्गों के अंत में जो समझ, जो बोध प्राप्त होता है, वह

एक ही है। सत्य के हर खोजी को अंत में एक ही समझ मिलती है और इस समझ को सुनकर भी प्राप्त किया जा सकता है। उसी समझ को सुनना यानी तेजज्ञान प्राप्त करना है। तेजज्ञान के श्रवण से सत्य का साक्षात्कार होता है, ईश्वर का अनुभव होता है। यही तेजज्ञान सरश्री महाआसमानी परम ज्ञान शिविर में प्रदान करते हैं।

महाआसमानी परम ज्ञान
शिविर परिचय और लाभ (निवासी)

क्या आपको उच्चतम आनंद पाने की इच्छा है? ऐसा आनंद, जो किसी कारण पर निर्भर नहीं है, जिसमें समय के साथ केवल बढ़ोतरी ही होती है। क्या आप इसी जीवन में प्रेम, विश्वास, शांति, समृद्धि और परमसंतुष्टि पाना चाहते हैं? क्या आप शारीरिक, मानसिक, सामाजिक, आर्थिक और आध्यात्मिक इन सभी स्तरों पर सफलता हासिल करना चाहते हैं? क्या आप 'मैं कौन हूँ' इस सवाल का जवाब अनुभव से जानना चाहते हैं।

यदि आपके अंदर इन सवालों के जवाब जानने की और 'अंतिम सत्य' प्राप्त करने की प्यास जगी है तो तेजज्ञान फाउण्डेशन द्वारा आयोजित 'महाआसमानी परम ज्ञान शिविर' में आपका स्वागत है। यह शिविर पूर्णतः सरश्री की शिक्षाओं पर आधारित है। सरश्री आज के युग के आध्यात्मिक गुरु और 'तेजज्ञान फाउण्डेशन' के संस्थापक हैं, जो अत्यंत सरलता से आज की लोकभाषा में आध्यात्मिक समझ प्रदान करते हैं।

महाआसमानी परम ज्ञान शिविर का उद्देश्य :

इस शिविर का उद्देश्य है, 'विश्व का हर इंसान 'मैं कौन हूँ' इस सवाल का जवाब जानकर सर्वोच्च आनंद में स्थापित हो जाए।' उसे ऐसा ज्ञान मिले, जिससे वह हर पल वर्तमान में जीने की कला प्राप्त करे। भूतकाल का बोझ और भविष्य की चिंता इन दोनों से वह मुक्त हो जाए। हर इंसान के जीवन में स्थायी खुशी, सही समझ और समस्याओं को विलीन करने की कला आ जाए। मनुष्य जीवन का उद्देश्य पूर्ण हो।

'मैं कौन हूँ? मैं यहाँ क्यों हूँ? मोक्ष का अर्थ क्या है? क्या इसी जन्म में मोक्ष प्राप्ति संभव है?' यदि ये सवाल आपके अंदर हैं तो महाआसमानी परम ज्ञान शिविर इसका जवाब है।

महाआसमानी परम ज्ञान शिविर के मुख्य लाभ :

इस शिविर के लाभ तो अनगिनत हैं मगर कुछ मुख्य लाभ इस प्रकार हैं–
* जीवन में दमदार लक्ष्य प्राप्त होता है। * 'मैं कौन हूँ' यह अनुभव से जानना (सेल्फ रियलाइजेशन) होता है। * मन के सभी विकार विलीन होते हैं। * भय, चिंता, क्रोध, बोरडम, मोह, तनाव जैसी कई नकारात्मक बातों से मुक्ति मिलती है। * प्रेम, आनंद, मौन, समृद्धि,

संतुष्टि, विश्वास जैसे कई दिव्य गुणों से युक्ति होती है। * सीधा, सरल और शक्तिशाली जीवन प्राप्त होता है। * हर समस्या का समाधान प्राप्त करने की कला मिलती है। * 'हर पल वर्तमान में जीना' यह आपका स्वभाव बन जाता है। * आपके अंदर छिपी सभी संभावनाएँ खुल जाती हैं। * इसी जीवन में मोक्ष (मुक्ति) प्राप्त होता है।

महाआसमानी परम ज्ञान शिविर में भाग कैसे लें?

इस शिविर में भाग लेने के लिए आपको कुछ खास माँगें पूरी करनी होती हैं। जैसे-

१) आपकी उम्र कम से कम अठारह साल या उससे ऊपर होनी चाहिए।

२) आपको सत्य स्थापना शिविर (फाउण्डेशन ट्रुथ रिट्रीट) में भाग लेना होगा, जहाँ आप सीखेंगे- वर्तमान के हर पल को कैसे जीया जाए और निर्विचार दशा में कैसे प्रवेश पाएँ।

३) आपको कुछ प्राथमिक प्रवचनों में उपस्थित होना है, जहाँ आप बुनियादी समझ आत्मसात कर, महाआसमानी परम ज्ञान शिविर के लिए तैयार होते हैं।

यह शिविर एक या दो महीने के अंतराल में आयोजित किया जाता है, जिसका लाभ हज़ारों खोजी उठाते हैं। इस शिविर की तैयारी आप दो तरीके से कर सकते हैं। पहला तरीका- मनन आश्रम (पूना) में पाँच दिवसीय निवासी शिविर में भाग लेकर, दूसरा तरीका- तेजज्ञान फाउण्डेशन के नजदीकी सेंटर पर सत्य श्रवण द्वारा। जैसे- पुणे, मुंबई, दिल्ली, सांगली, सातारा, जलगाँव, अहमदाबाद, कोल्हापुर, नासिक, अहमदनगर, औरंगाबाद, सूरत, बरोडा, नागपुर, भोपाल, रायपुर, चेन्नई, वर्धा, अमरावती, चंद्रपुर, यवतमाल, रत्नागिरी, लातूर, बीड, नांदेड, परभणी, पनवेल, ठाणे, सोलापुर, पंढरपुर, अकोला, बुलढाणा, धुले, भुसावल, बैंगलोर, बेलगाम, धारवाड, भुवनेश्वर, कोलकत्ता, राँची, लखनऊ, कानपुर, चंदीगढ़, जयपुर, पणजी, म्हापसा, इंदौर, इटारसी, हरदा, विदिशा, बुरहानपुर।

इनके अतिरिक्त आप महाआसमानी की तैयारी फाउण्डेशन में उपलब्ध सरश्री द्वारा रचित पुस्तकें या यू ट्यूब के संदेश सुनकर भी कर सकते हैं। मगर याद रहे ये पुस्तकें, यू ट्यूब के प्रवचन शिविर का परिचय मात्र है, तेजज्ञान नहीं। आप महाआसमानी परम ज्ञान शिविर में भाग लेकर ही तेजज्ञान का आनंद ले सकते हैं। आगामी महाआसमानी परम ज्ञान शिविर में अपना स्थान आरक्षित करने के लिए संपर्क करें : 09921008060/75, 9011013208

महाआसमानी परम ज्ञान शिविर स्थान :

यह शिविर पुणे में स्थित मनन आश्रम पर आयोजित किया जाता है। इस शिविर के लिए भोजन और रहने की व्यवस्था की जाती है। यदि आपको कोई शारीरिक बीमारी है और आप नियमित रूप से दवाई ले रहे हैं तो कृपया अपनी दवाइयाँ साथ में लेकर आएँ। वातावरण अनुसार गरम कपड़े, स्वेटर, ब्लैंकेट आदि भी लाएँ।

'मनन आश्रम' पुणे शहर के बाहरी क्षेत्र में पहाड़ों और निसर्ग के असीम सौंदर्य के बीच

बसा हुआ है। इस आश्रम में पुरुषों और महिलाओं के लिए अलग-अलग, कुल मिलाकर 700 से 800 लोगों के रहने की व्यवस्था है। यह आश्रम पुणे शहर से 17 किलो मीटर की दूरी पर है। हवाई अड्डा, हाइवे और रेल्वे से पुणे आसानी से आ-जा सकते हैं।

मनन आश्रम : मनन आश्रम, पुणे, सर्वे नं. ४३, सनस नगर, नांदोशी गाँव, किरकट वाडी फाटा, तहसील - हवेली, जिला : पुणे - ४११०२४. फोन : 09921008060

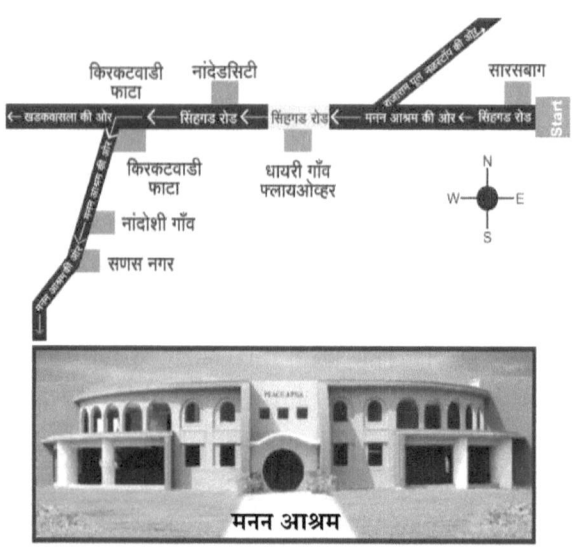

मनन आश्रम

अब एक क्लिक पर ही शिविर का रजिस्ट्रेशन !

तेजज्ञान फाउण्डेशन की इन शिविरों के लिए
अब आप ऑनलाईन रजिस्ट्रेशन भी कर सकते हैं-

* महाआसमानी परम ज्ञान शिविर परिचय और लाभ (पाँच दिवसीय निवासी शिविर)
* मैजिक ऑफ अवेकनिंग (केवल अंग्रेजी भाषा जाननेवालों के लिए तीन दिवसीय निवासी शिविर)
* मिनी महाआसमानी (निवासी) शिविर, युवाओं के लिए

रजिस्ट्रेशन के लिए आज ही लॉग इन करें

 www.tejgyan.org

तेजज्ञान फाउण्डेशन की श्रेष्ठ पुस्तकें

इमोशन्स पर जीत
दुःखद भावनाओं से मुलाकात कैसे करें

Total Pages- 176   Price - 135/-

Also available in Marathi

अपनी भावनाओं को दुश्मन नहीं, दोस्त बनाने के लिए पढ़ें...

* दुःखद भावनाओं से मुक्ति का मार्ग
* क्या रोना अच्छा है या कमज़ोरी है
* असुरक्षा की भावना से मुक्ति कैसे मिले
* भावनाओं को मुक्त करने के चार योग्य तरीके
* भावनाओं से मुलाकात करने के चार उच्चतम तरीके
* भावनाओं को अभिव्यक्त करने के सच्चे तरीके

आपका इमोशनल कोशंट -EQ- कितना है?

क्या आपसे किसी ने उपरोक्त सवाल पूछा है?

आज लोग आय.क्यू. का महत्त्व तो समझते हैं परंतु इ.क्यू. (इमोशनल कोशंट) का महत्त्व उससे अधिक है, यह कम लोग जानते हैं।

भावनाओं से जूझ रहे इंसान के पास यदि 'इ.क्यू.' है तो वह जीवन की हर बाज़ी को पलट सकता है। परंतु यदि उसके पास इ.क्यू. नहीं है और केवल आय.क्यू. है तो उस कार्य को कर पाना उसके लिए मुश्किल हो सकता है। इसी लिए भावनात्मक परिपक्वता पाना महत्त्वपूर्ण है।

सिर्फ उम्र से बड़ा होना परिपक्वता नहीं है, भावनाओं से प्रभावित हुए बिना उनसे गुज़रकर, उनको सही रूप में देखने की कला सीखकर ही इंसान भावनात्मक रूप से परिपक्व बनता है। यही परिपक्वता आपको प्रदान करती है यह पुस्तक।

टीम वर्क
संघ की शक्ति

Total Pages- 128   Price - 125/-

क्या मात्र एक बूँद से सागर बन सकता है?

क्या सिर्फ एक रंग से इंद्रधनुष का निर्माण हो सकता है?

क्या केवल एक मोती से माला बनाई जा सकती है?

क्या केवल एक सुर से संगीत निकल सकता है?

'नहीं! ऐसा संभव नहीं है लेकिन उस एक सुर से बाकी सुर मिल जाएँ तो सभी के संगम और ताल-मेल से सुरीली सरगम तैयार हो सकती है। उसी तरह एक इंसान जब ग्रुप में कार्य करता है तब टीम में एकता के बल से बड़े से बड़े कार्य बहुत कम समय में सफलतापूर्वक पूर्ण हो सकते हैं।

प्रस्तुत पुस्तक इसी उद्देश्य को पूर्ण करती है, जिसमें आप जानेंगे :

* टीम में कौन से गुणों की नींव सबसे पहले रखी जाए

* टीम के लिए विश्वास का महत्त्व कब और कितना है

* सभी मिलकर एक ही दमदार लक्ष्य को साकार कैसे बनाएँ

* वार्तालाप करते वक्त टीम में किन बातों का ध्यान रखा जाए

* कौन से अवगुण टीम में रुकावटें पैदा करते हैं और उन्हें कैसे दूर किया जाए

* टीम लीडर की (हमारी) भूमिका कैसी होनी चाहिए

तो चलिए, देर किस बात की है! अपनी टीम के साथ इस पुस्तक को पढ़ना आरंभ करते हैं।

सुखी जीवन के पासवर्ड

दु:ख, अशांति और परेशानी का ताला खोलें

Total Pages- 168   Price - 140/-

Also available in Marathi

इंसान अपनी गलत आदतों, नकारात्मक विचारों में उलझकर अपने ही जीवन को जटिल बना देता है। फिर बंधनों से मुक्त होना, आज़ादी प्राप्त करना तो दूर वह खुद के बनाए गए दु:खरूपी नर्क में जीवन बिताने पर मज़बूर हो जाता है। शांति और संतुष्टि उसके जीवन से कोसों दूर रह जाते हैं। इसके विपरित जब इंसान सुखी जीवन के सच्चे सूत्र समझ लेता है तो वह एक खुशहाल, सुखी जीवन का ताला खोल देता है।

इस पुस्तक में सुखी जीवन के आठ पासवर्ड दिए गए हैं। इन पासवर्डस् की सहायता से आप अपने दु:ख, अशांति और परेशानी का लॉकर खोल पाएँगे। हो सकता है कि ये आठ पासवर्ड आपको बहुत साधारण लगें मगर जब आप रोज़मर्रा के जीवन में इनका इस्तेमाल करेंगे तो आपका जीवन शांति और संतुष्टि से खिल उठेगा। आइए पुस्तक के कुछ महत्वपूर्ण नुक्तों पर नज़र डालें-

* सफल सुखी जीवन के पासवर्ड कैसे प्राप्त करें
* भावनाओं की गुफा से कैसे गुज़रें
* कम-कम कहना कैसे बंद करें
* वहम रूपी तिलिस्म को कैसे तोड़ें
* दु:ख को खुशी की नज़र से कैसे देखें
* पड़ोसी का सुख आपका दु:ख कैसे न बने
* दु:ख का दु:ख करना कैसे बंद करें
* साझेदार से अपने सबक कैसे सीखें

विकास नियम

आत्मविकास द्वारा संतुष्टि पाने का राज़

Total Pages- 176   Price - 100/-

Also available in Marathi

विकास नियम हमारे चारों ओर काम कर रहा है। फिर चाहे वह शरीर का विकास हो, बुद्धि का विकास हो, शहर या देश का विकास हो। यह नियम तो एक बुनियादी नियम है; यह पूर्णता की चाहत है। आइए, इस पुस्तक द्वारा विकास नियम को अपना आदर्श बना दें और विकास की नई ऊँचाइयों को छू लें।

विकास नियम हर इंसान और वस्तु में छिपी संभावनाओं को प्रकट करने का नियम है। यह आपकी संपूर्ण संतुष्टि की चाहत को पूरा करता है। इस नियम के जरिए जान लें जो अब आपके सामने है।

* विकास नियम का महा मंत्र क्या है?
* विकास की शुरुआत कैसे और कहाँ से करें?
* विकास का विकल्प कैसे चुनें?
* विकास पर सदा अपनी नजर कैसे टिकाए रखें?
* आत्मविकास के स्वामी कैसे बनें?
* इंसान की अंतिम विकास अवस्था क्या है?
* स्वयं को और अपने मन की जमाई सोच को कैसे जानें?

विकास नियम के पन्नों में छिपे हैं, ऐसे कई सवालों के सरल जवाब, जिन्हें पढ़ना शुरू करें आज से, याद से...।

विश्वास नियम
सर्वोच्च शक्ति के सात नियम

Total Pages- 168   Price - 140/-

आपका मोबाइल तो अप टू डेट है परंतु क्या आपका विश्वास अप टू डेट है? क्या आपका आज का विश्वास आपको अंतिम सफलता की राह पर बढ़ा रहा है? यदि उपरोक्त सवालों के जवाब 'नहीं' हैं तो आपको विश्वास नियम की आवश्यकता है। विश्वास नियम आपके विश्वास को बढ़ाकर उसे अप टू डेट करता है।

'विश्वास' ईश्वर द्वारा दी हुई वह देन है– जो हमारे स्वास्थ्य, रिश्ते, मनशांति, आर्थिक समृद्धि एवं आध्यात्मिक उन्नति में चार चाँद लगाता है। आइए, इस शक्ति का चमत्कार अपने जीवन में देखें और 'सब संभव है' इस पंक्ति का प्रत्यक्ष अनुभव लें।

इस पुस्तक में दिए गए सात विश्वास नियम ऊर्जा का असीम भंडार हैं। ये आपके जीवन की नकारात्मकता हटाकर, आपको सकारात्मक ऊर्जा से लबालब भर देंगे। जीवन के हर स्तर पर आपकी मदद करेंगे। इसलिए यह पुस्तक इस विश्वास के साथ पढ़ें कि 'अब सब संभव है' और जानें...

*विश्वास की शक्ति से जो चाहें वह कैसे पाएँ *विश्वास को वाणी में लाकर जीवन को कैसे बदलें *विश्वासघात पर मात पाकर विश्व के लिए नया उदाहरण कैसे बनें *अपने भीतर छिपे हर अविश्वास को विश्वास में रूपांतरित करके विकास की ओर कैसे बढ़ें *हर समस्या का समाधान कैसे खोजें *विश्वास द्वारा संपूर्ण सफलता कैसे पाएँ

– तेजज्ञान इंटरनेट रेडियो –

२४ घंटे और ३६५ दिन सरश्री के प्रवचन और
भजनों का लाभ लें,
तेजज्ञान इंटरनेट रेडियो द्वारा। देखें लिंक
http://www.tejgyan.org/internetradio.aspx

हर रविवार सुबह १०.०५ से १०.१५ तक रेडियो
विविध भारती, एफ. एम. पुणे पर 'हॅपी थॉट्स कार्यक्रम'

www.youtube.com/tejgyan
पर भी सरश्री के प्रवचनों का लाभ ले सकते हैं।
For online shoping visit us - www.tejgyan.org,
www.gethappythoughts.org

पुस्तकें प्राप्त करने के लिए नीचे दिए गए पते पर मनीऑर्डर द्वारा पुस्तक का मूल्य भेज सकते हैं। पुस्तकें रजिस्टर्ड, कुरियर अथवा वी.पी.पी. द्वारा भेजी जाती हैं।
पुस्तकों के लिए नीचे दिए गए पते पर संपर्क करें।
* WOW Publishings Pvt. Ltd. रजिस्टर्ड ऑफिस-E-4, वैभव नगर, तपोवन मंदिर के नज़दीक, पिंपरी, पुणे- 411017
* पोस्ट बॉक्स नं. 36, पिंपरी कॉलोनी पोस्ट ऑफिस, पिंपरी, पुणे - 411017
फोन नं.: 09011013210 / 9146285129
आप ऑन-लाइन शॉपिंग द्वारा भी पुस्तकों का ऑर्डर दे सकते हैं।
लॉग इन करें - www.gethappythoughts.org
500 रुपयों से अधिक पुस्तकें मँगवाने पर 10% की छूट और फ्री शिपिंग।

e-mail
mail@tejgyan.com

website
www.tejgyan.org, www.gethappythoughts.org

- विश्व शांति प्रार्थना -

'पृथ्वी पर सफेद रोशनी (दिव्य शक्ति) आ रही है।
पृथ्वी से सुनहरी रोशनी (चेतना) उभर रही है।
विश्व से सारी नकारात्मकता दूर हो रही है।
सभी प्रेम, आनंद और शांति के लिए
खुल रहे हैं, खिल रहे हैं।'
विश्व के सभी लीडर्स आउट ऑफ बॉक्स सोच रहे हैं...
विश्व के सभी लीडर्स शांतिदूत बन रहे हैं
विश्व के सभी लीडर्स की इच्छा ईश्वर की इच्छा बन रही है! धन्यवाद

यह 'सामूहिक अव्यक्तिगत प्रार्थना' तेजज्ञान फाउण्डेशन के सदस्य पिछले कई सालों से निरंतरता से कर रहे हैं। खुश लोग यह प्रार्थना कर सकते हैं और बीमार, दुःखी लोग उस वक्त एक जगह बैठकर इस प्रार्थना को ग्रहण कर स्वास्थ्य लाभ पा सकते हैं।

यदि इस वक्त आप परेशान या बीमार हैं तो रोज़ सुबह या रात 9:09 को केवल ग्रहणशील होकर इस भाव से बैठें कि 'स्वास्थ्य और शांति की सफेद रोशनी जो इस वक्त प्रार्थना में बैठे कई लोगों द्वारा नीचे पृथ्वी पर उतर रही है, वह मुझमें भी अपना कार्य कर रही है। मैं स्वस्थ और शांत हो रहा हूँ।' कुछ देर इस भाव में रहकर आप सबको धन्यवाद देकर उठें।

तेजज्ञान फाउण्डेशन – मुख्य शाखाएँ

पुणे (रजिस्टर्ड ऑफिस)
विक्रांत कॉम्प्लेक्स, तपोवन मंदिर के नज़दीक,
पिंपरी, पुणे-४११ ०१७. फोन : 020-27411240, 27412576

मनन आश्रम
सर्वे नं. ४३, सनस नगर, नांदोशी गाँव, किरकटवाडी फाटा,
तहसील- हवेली, जिला- पुणे - ४११ ०२४.
फोन : 09921008060

e-books
- The Source
- Complete Meditation
- Ultimate Purpose of Success
- Enlightenment
- Inner Magic
- Celebrating Relationships
- Essence of Devotion
- Master of Siddhartha
- Self Encounter, and many more.

Also available in Hindi at www. gethappythoughts.org

e-magazines
'Yogya Aarogya' & 'Drushtilakshya'
emagazines available on www.magzter.com

www.ingramcontent.com/pod-product-compliance
Lightning Source LLC
LaVergne TN
LVHW040156080526
838202LV00042B/3190
9788194320029